SAINT PASCAL

BAYLON

FRÈRE MINEUR

1ᵉʳ MILLE

PATRON

DES

ASSOCIATIONS EUCHARISTIQUE

PAR

Antoine du Lys

VANVES PRÈS PARIS

SAINT
PASCAL BAYLON

APPARITION DU TRÈS SAINT SACREMENT

A SAINT PASCAL BAYLON

d'après une ancienne gravure de l'Ordre.

SAINT

PASCAL BAYLON

FRÈRE MINEUR

PATRON

DES

ASSOCIATIONS EUCHARISTIQUES

PAR

ANTOINE DU LYS

VANVES PRÈS PARIS

IMPRIMERIE FRANCISCAINE MISSIONNAIRE

16, ROUTE DE CLAMART

LETTRE

DU SOUVERAIN PONTIFE

SUR LES CONGRÉS ET ASSOCIATIONS EUCHARISTIQUES

LÉON XIII, Pape

POUR PERPÉTUELLE MÉMOIRE

Le DIEU de toute providence, en organi-
sant le monde d'une main forte et douce à
la fois, a entouré son Église d'une sollicitude
toute spéciale, de telle sorte qu'aux mo-
ments qui paraissent les plus critiques, il
tire pour elle, de la dureté même des temps,

LEO PP. XIII

AD PERPETUAM REI MEMORIAM

Providentissimus Deus, fortiter suaviterque
disponens omnia, singulari quadam cura Eccle-
siæ suæ ita prospexit, ut quum inclinatæ maxime
res viderentur, ex ipsa temporum acerbitate ins-

2

des consolations inespérées. Ce fait, maintes
fois constaté, peut être plus nettement que
jamais remarqué dans les circonstances que
traversent actuellement la religion et la société. Alors, en effet, que les ennemis de
l'ordre commun se montrent de jour en jour
plus audacieux, s'efforcent, par des attaques
quotidiennes et très vigoureuses, de tuer la
foi chrétienne et de bouleverser la société
toute entière, la Bonté divine se plaît à opposer à ces flots soulevés les remparts d'admirables manifestations de piété.

Cela est clairement prouvé par l'extension
qu'a prise la dévotion au très saint Cœur de
Jésus ; par l'ardeur avec laquelle, dans tout
l'univers, on travaille à promouvoir le culte

perata eidem solatia suscitaret. Id, quum sæpe
alias, tum potissimum videre licet his rei christianæ ac civilis temporibus. Quum enim com-
munis tranquillitatis osores, insolentius se in
dies efferentes, quotidiano impetu eoque validis-
simo adnitantur Christi fidem omnemque pæne
societatem evertere, placuit divinæ bonitati his
rerum fluctibus præclara studia pietatis obiicere.
Quod quidem plane declarant et sanctissimi Cor-
dis Jesu longe lateque propagata religio, et exci-

de Marie ; par les honneurs dont est l'objet
l'illustre époux de la Mère de Dieu ; par les
réunions de divers genres qu'organisent les
catholiques pour défendre leur foi de toute
manière ; enfin, par beaucoup d'institutions
que l'on fonde ou auxquelles on donne un
nouvel essor, et qui tendent à la gloire de
Dieu ou à l'accroissement de la charité mu-
tuelle de chrétiens.

Bien que toutes ces manifestations causent
à Notre cœur une joie très douce, Nous
pensons que la souveraine grâce qui Nous a
été accordée par Dieu consiste dans les progrès que la dévotion envers le sacrement de
l'Eucharistie a fait parmi les peuples fidèles,

tatus ardor ubique terrarum provehendi cultus
Marialis, et inclyti ejusdem Deiparæ Sponsi
adaucti honores, et catholicorum cœtus in vario
rerum genere ad omnemque fidei defensionem
parati, aliaque complura promovendo divino ho-
nori et mutuæ caritati fovendæ, sive amplificata,
sive primum invecta. Quæ quidem omnia et si
animum Nostrum suavissime afficiunt, nihilomi-
nus divinorum munerum summam hanc esse
putamus : auctam in populis in Eucharistiæ sacramentum religionem post habitos in eam rem

à la suite des célèbres congrès qui ont été,
à cette fin, tenus ces temps-ci.

Ainsi que nous l'avons déclaré ailleurs,
pour animer les catholiques à professer vi-
goureusement leur foi et à pratiquer les vertus qui conviennent aux chrétiens, aucun
moyen n'est plus efficace que celui qui
consiste à nourrir et à augmenter la piété
du peuple envers cet admirable gage d'amour
qui est le lien de la paix et de l'unité.

Comme le sujet est très important et Nous
tient fort à cœur, après avoir souvent loué
les Congrès et les Associations eucharistiques, et mû par l'espoir de les voir produire
des fruits plus abondants, Nous jugeons

coetus per hæc tempora celeberrimos. Nihil enim
efficacius videtur Nobis, quod alias significavi-
mus, catholicorum animis excitandis tum ad fidem strenue profitendam, tum ad virtutes christiano nomine dignas exercendas, quam ut alantur
et acuantur studia populi in admirabile illud
amoris pignus quod pacis vinculum est atque uni-
tatis. Quum igitur tanta res maximæ Nobis
curæ sit, quemadmodum coetus eucharisticos
sæpe laudavimus, ita nunc, uberiorum spe fruc-
tuum permoti, faciendum ducimus ut iis patronus

maintenant utile de leur assigner un patron
céleste choisi entre les saints qui brûlèrent
d'un plus ardent amour envers le très saint
Sacrement de l'Eucharistie.

Or, parmi ceux dont la piété à l'égard de
ce sublime mystère de la foi a paru se manifester avec la ferveur la plus ardente, Pascal Baylon tient le plus beau rang. Doué
naturellement d'un goût très vif pour les
choses célestes, après avoir saintement passé
sa jeunesse dans la garde de son troupeau,
il embrassa une vie plus sévère dans l'Ordre
des Frères Mineurs de la stricte Observance,
et mérita, par ses méditations sur le festin
eucharistique, d'acquérir une science telle,

coelestis assignetur ex sanctis cælitibus qui in
augustissimum Corporis Christi sacramentum
vehementiore affectu flagrarunt. Inter eos vero,
quorum ardor pietatis in præcelsum hoc fidei
mysterium efferbuisse magis visus est, locum
obtinet dignissimum PASCHALIS BAYLON. Qui
animum sortitus rerum cœlestium apprime stu-
diosum, postquam adolescentiam in custodia
gregis transegit innocentissime, severioris vitæ
institutum amplexus in Ordine Minorum stric-
tioris Observantiæ, eam ex contemplatione divini

que cet homme, dépourvu de notions et d'aptitudes littéraires, devint capable de donner des réponses sur les matières de la foi les plus difficiles et d'écrire même des livres pieux. Publiquement, ouvertement, il professa, au milieu des hérétiques, la vérité de l'Eucharistie, ce qui lui attira de graves épreuves. Émule du martyr Tarsicius, il fut menacé plusieurs fois de la mort, qui avait été le partage de ce dernier. Enfin l'affectueuse ardeur de sa piété parut se prolonger au delà de sa vie mortelle. On dit, en effet, que, pendant le service funèbre, Pascal Baylon, étendu dans son cercueil, ouvrit deux fois les yeux au moment des deux élévations.

convivii meruit haurire scientiam ut, rudis ac litterarum expers, potuerit et de rebus fidei difficillimis respondere et pios etiam libros conscribere. Idem Eucharistiæ veritatem publice palamque professus inter hæreticos multa et gravia perpessus est, ac Tharsicii martyris æmulus, ad necem quoque crebro petitus. Eum denique pietatis affectum defunctus etiam retinere visus est : quippe jacens in feretro, ad duplicem sacrarum specierum elevationem, bis oculos dicitur reserasse.

Nous croyons donc que les Associations catholiques, dont Nous parlons, ne sauraient être confiées à un meilleur patronage. C'est pourquoi, de même que Nous recommandons, assez naturellement, la jeunesse studieuse à saint Thomas ; les associations charitables à saint Vincent de Paul ; les malades, ainsi que ceux qui s'attachent à les soulager, à saint Camille de Lellis et à saint Jean de Dieu ; de même, espérant que Notre décision tournera à l'intérêt et au bien de la chrétienté, Nous déclarons et constituons, de Notre autorité suprême, et par la vertu des présentes Lettres, saint Pascal Baylon Patron particulier des congrès eucharistiques

Igitur apparet, cœtus catholicorum, de quibus loquimur, nullius in tutela melius esse posse. Propterea, qua ratione Thomæ Aquinati cupidam litterarum juventutem, Vincentio a Paulo consociationes caritatis causa initas ; Camillo de Lellis et Joanni de Deo ægrotos et quotquot ægrotis adjutandis dant operam, opportune commendavimus, ita, quod bonum faustumque sit et rei christianæ benevertat, suprema auctoritate Nostra præsentium vi, sanctum Paschalem Baylon peculiarem cœtuum eucharisticorum, item socie-

et de toutes les associations qui ont pour objet la divine Eucharistie, tant de celles qui ont été constituées jusqu'à ce jour que de celles qui le seront dans l'avenir.

Nous formons des vœux pleins de confiance pour que les exemples et le patronage de ce saint aient pour fruit l'augmentation du nombre de ceux qui, dans le peuple chrétien, rapportent chaque jour leur zèle, leurs desseins, leur amour au Christ Sauveur, principe le plus élevé et le plus auguste de tout salut.

Les présentes Lettres conserveront leur validité dans les temps futurs, nonobstant tout ce qui pourra être fait à l'encontre par qui que ce soit.

tatum omnium a sanctissima Eucharistia, sive quæ hactemus instituæ, sive quæ in posterum futuræ sunt, Patronum cœlestem declaramus et constituimus. Atque ab ejusdem Sancti exemplis patrocinioque hunc fructum fidenter petimus, ut e populo christiano quotidie plures animum, consilia, amorem ad Jesum Christum servatorem referant, omnis salutis summum augustissimum que principium. Præsentibus perpetuis futuris emporibus valituris. Nonobstantibus in contra-

Nous voulons que les exemplaires copiés ou même imprimés de ces Lettres, pourvu qu'ils soient signés de la main d'un notaire public et munis du sceau d'un personnage constitué en dignité ecclésiastique, fassent foi comme si l'on avait sous les yeux les Lettres présentes.

Donné à Rome, auprès de Saint-Pierre, sous l'anneau du Pêcheur, le 28 novembre 1897, la vingtième année de Notre Ponficat.

A. Card. Macchi.

rium facientibus quibus cumque. Volumus autem ut præsentium litterarum transumptis seu exemplis etiam impressis, manu alicujus Notarii publici subscriptis. et sigillo personæ in ecclesiastica dignitate constitutæ munitis, eadem prorsus fides adhibeatur quæ adhiberetur ipsis præsentibus, si forent exhibitæ vel ostensæ.

Datum Romæ, apud S. Petrum sub annulo Piscatoris. die XXVIII novembris MDCCCXCVII, Pontificatus Nostri anno vicesimo.

A. Card. Macchi.

LE PATRON

DES

ASSOCIATIONS EUCHARISTIQUES

OU

VIE DE S. PASCAL BAYLON

CHAPITRE PREMIER

LE PROTÉGÉ DU SAINT-ESPRIT

Naissance de Pascal. — Sa famille. — Amour du
signe de la croix. — Premières visites au saint
Sacrement. — L'habit des Frères Mineurs.
— Amour naissant de la pauvreté.

Tout était grand à l'heure marquée par la
divine Providence pour la naissance de
l'humble Pascal Baylon. Le Saint-Siège était
occupé par le pape Paul III qui eut la joie
et la gloire de se voir entouré dans la sainte
Église par de nobles âmes, dons précieux et

véritables lumières venant du Saint-Esprit.

L'Espagne tout spécialement eut une large part des faveurs que la divine Providence réservait au XVIᵉ siècle. Sainte Thérèse enflamma sa patrie de l'amour divin. Saint Pierre d'Alcantara apprit à l'Espagne ce que peut la mortification unie aux flammes des séraphins. Saint Ignace, vaincu par MARIE, quitta les armes de la terre pour donner à l'Église des soldats apôtres, pleins de valeur et d'habileté. Saint François de Borgia enseigna au monde le mépris des richesses et de la grandeur. Saint Thomas de Villeneuve et saint Jean de Dieu se vouèrent aux malades, saint Jean de la Croix à la souffrance, saint Pierre-Baptiste et ses compagnons, saint François Solano, S. François Xavier s'élancèrent vers les missions en s'écriant : Des âmes ! des âmes ! Et ce dernier ajoutait : « Que sert à l'homme de gagner l'univers s'il vient à perdre son âme. »

La sainteté n'était pas réservée seulement à

ces Religieux célèbres, lumières de leur Ordre, mais dans ce siècle où le cardinal Ximénès illustrait l'Ordre Séraphique en prenant part au gouvernement de sa patrie, d'humbles Frères comme Salvator d'Orta, André Hybernon, Nicolas Factor et Julien de S. Augustin, étaient non moins remarquables par leur simplicité et la puissance divine dont Dieu les avait revêtus en leur donnant le don des miracles et un empire sur la création, souvenir de celui de leur Patriarche.

Les saints appellent les saints, et ce fut au milieu de cette atmosphère d'héroïsme et de grâce, sous le pontificat de Paul III, vers la moitié de ce siècle riche en fleurs de sainteté, alors que le grand Charles-Quint, entouré d'habiles ministres, gouvernait l'Espagne, que naquit, aux confins de l'Aragon et de la Castille, le patron que Léon XIII vient de donner aux Œuvres eucharistiques.

Elle est étrange, ô mon Dieu, la gloire de vos saints !

Lorsqu'on se prosterne à Saint-Pierre de Rome sur l'humble cercueil de bois taillé à la hache qui a renfermé les corps de saint Pierre et de saint Paul, on reste rempli d'admiration à la pensée du temple magnifique élevé en l'honneur du pêcheur de Galilée. Lorsqu'il jetait ses filets sur le lac de Tibériade, les esprits célestes auraient pu seuls lui prédire cette gloire.

Les anges qui se penchaient sur le berceau de Pascal le jour où il naquit à Torre Hermosa, le 17 mai 1540 (1), devaient le saluer avec tendresse car une grande gloire l'attendait à cause de son amour pour DIEU, spécialement pour JÉSUS-EUCHARISTIE.

(1) Certains auteurs le font naître le jour de Pâques, ce qui est impossible étant admis qu'il est né le 17 mai. On doit donc adopter l'opinion du P. Christophe d'Arta qui place sa naissance à la *Pasqua di Pentecosté*, c'est-à-dire pour la Pentecôte. Un traducteur qui ne connaissait pas l'usage de donner le nom de Pâques à la Pentecôte aura causé la confusion.

Mais à l'extérieur rien n'annonçait encore ce que devait être Pascal, et si on se répétait la parole dite à la naissance de saint Jean : « Que pensez-vous que sera cet enfant ? » chacun devait répondre : « Petit berger d'abord, honnête agriculteur ensuite. » Car telles étaient les espérances que faisait naître le milieu où l'enfant vit le jour.

Berger, il le fut, mais arrivé à l'âge où l'homme libre choisit son avenir, il devait se donner tout entier à la culture de son âme, à la perfection, et abandonner pour les biens éternels tous ceux de la terre.

Le père de Pascal se nommait Martin Baylon, sa mère Isabelle Jubera. Ils eurent cinq enfants. L'histoire nous a aussi conservé le nom de ses grands-parents. Du côté de son père, Martin Baylon et Lucia Santander ; du côté de sa mère, Ferdinand Jubera et Maria Xeriz.

Isabelle fut une de ces mères bénies qui peuvent deviner même avant la naissance de leur enfant quelque chose de sa gloire future. Élisabeth sentit tressaillir le Précurseur, la mère de saint Dominique le vit sous la figure d'un chien tenant la torche ardente qui doit brûler le monde ; la mère d'André Corsini eut la vision de son fils métamorphosé de loup en agneau, enfin l'heureuse Pica, mère de saint FRANÇOIS d'Assise, ne put le mettre au jour que dans une étable. Le signe prophétique d'Isabelle Baylon fut une passion soudaine pour la pauvreté. Elle donnait tout ce qu'elle avait dans sa maison, se dépouillant de tout et ne sachant rien garder.

Les voisins, la famille, s'aperçurent de cette étrange passion d'Isabelle pour les pauvres et la pauvreté. Ils crurent rendre service en avertissant le mari et l'engageant à reprendre, à modérer sa femme qui se conduisait ni plus ni moins que si elle eût appartenu à un Ordre mendiant. Martin était le digne père d'un saint, il voyait plus haut et répondit : « C'est DIEU qui inspire Isabelle. Je la laisserai faire. Qui donne au pauvre prête à DIEU. L'aumône de ma femme ne nuira ni à moi ni à mes enfants. »

Ce qui reste prouvé, c'est que Pascal dès avant sa naissance, remplissait sa mère de l'amour de la pauvreté qui devait le distinguer plus tard, même dans l'armée des pauvres.

L'enfant reçut au baptême le nom de Pascal, étant né en la fête de *Pasqua di Pentecosta,* comme on le dit en Espagne et en Italie ; selon l'usage de sa patrie, son nom de baptême devait rappeler la fête de sa naissance.

L'Esprit d'amour et l'Immaculée Vierge MARIE avaient pris Pascal sous leur spéciale protection. Donné à la terre le jour où le Saint-Esprit descendit sur la très sainte Vierge et les apôtres, dans le mois de MARIE, notre saint devait s'en aller vers la patrie un autre 17 mai, fête de la Pentecôte. Le Saint-Esprit et son Épouse Immaculée devaient emporter au ciel leur bien-aimé.

3

La troisième personne de la sainte Trinité couvrit de sa protection l'enfant béni. Elle infusa à Pascal ses dons qui devaient produire ses fruits, surtout les feux brûlants dont Pascal fut embrasé pour le très saint Sacrement.

Aussi l'enfance du futur Frère Mineur fut-elle marquée par les signes d'une sainteté précoce et qui ne peuvent s'expliquer sans une grâce extraordinaire.

Tout petit, Pascal goûtait les douceurs de la prière, les délices de l'oraison. Ses parents étaient bons chrétiens. Quelques auteurs veulent qu'ils soient issus d'une famille notable mais déchue et qui avait occupé d'importantes charges dans le pays. Toutefois la plupart de ses historiens s'accordent à assurer que la famille Baylon n'était connue que par son honnêteté et son attachement à l'Église. Ne sont-ce pas du reste les titres les plus glorieux, ceux que Notre Seigneur a honorés de son choix, puisque, descendant de David et de Salomon, il a dédaigné de naître au temps des splendeurs de sa race, donnant ses divines préférences à la sainte pauvreté, à l'humble vie de Nazareth, bien plus, au dénuement de Bethléem.

Les Baylon travaillaient joyeusement la terre, gagnant leur pain à la sueur de leur front, heureux et non confus de leur humble condition d'agriculteurs. A ce point de vue encore la dévotion à Pascal Baylon n'arrive-t-elle pas à son heure pour réconcilier les petits de ce monde avec la divine Providence qui nous place chacun là où nous sommes le mieux pour accomplir ses desseins toujours remplis d'amour ?

La famille Baylon avait la foi et comprenait cette vérité. Contente de son sort, elle faisait large part à DIEU et la pieuse mère porta de bonne heure le petit Pascal dans la maison du Seigneur, au pied du très saint Sacrement, lui prenant la main, comme le font toutes les mères chrétiennes, pour lui apprendre à tracer sur son front, ses épaules et son cœur, le divin signe de notre Rédemption.

Heureux temps où on ne voyait pas pleuvoir ces indignes photographies où les mères se plaisent à représenter leurs petits enfants dans l'état du sauvage, mais où, au contraire, chastement couverts de vêtements blancs et bleus, couleurs de MARIE, les enfants apprenaient des mères d'autrefois à joindre les mains et à faire le signe de la croix.

Les résultats étaient différents. Aujourd'hui notre race tend à être dépouillée de la foi comme l'idolâtre. Isabelle Baylon vit au contraire Pascal sourire au Tabernacle, et sa famille le contempla avec étonnement, attiré dès lors par la croix, se plaire à tracer sans cesse le signe divin, bien qu'il ne parlât pas encore.

De plus, se souvenant de cette église, de ce Tabernacle où déjà le Prisonnier d'amour l'attirait, Pascal, profitant d'un moment où sa mère l'avait laissé seul, essaya de retourner à la maison du bon DIEU. Pauvre petit ! ses jambes sont faibles, il ne peut marcher encore car il se soutient à peine. Mais qu'importe à l'amour précoce de cet amant du saint Sacrement. Il ira quand même trouver JÉSUS-EUCHARISTIE. Il s'achemine à quatre pattes, comme on dit vulgairement quand l'enfant s'essaie à marcher. Bientôt ses désirs sont satisfaits, le voilà dans le sanctuaire, il jouit, il est heureux. Qui pourrait raconter ce qui se passait dans l'âme de ce tout petit ? L'Esprit souffle où il veut. Il a gardé le secret des feux divins qu'il répandit dans l'âme de son privilégié au début de sa vie.

Lorsque Isabelle Baylon s'aperçut de la disparition de Pascal, elle le chercha partout ; anxieuse comme MARIE cherchant JÉSUS, elle s'informait près de tous, demandant si on avait vu son petit Pascal. N'avait-il pas été écrasé par quelque voiture ? N'était-il pas tombé dans un ruisseau ou dans la fange ?

Son ange gardien eut pitié de la mère désolée, il lui inspira de demander au Seigneur de retrouver son cher Pascal.

A son entrée dans le temple, à peine eut-elle le temps de prendre de l'eau bénite pour tracer ce signe de la croix qu'elle enseigne à son enfant, qu'elle aperçoit Pascal, rayonnant de joie, les yeux fixés sur le Tabernacle qui renferme le DIEU d'amour.

« Comment as-tu pu venir jusque-là ? s'écrie Isabelle en saisissant l'objet de sa tendresse.

— A quatre pattes, » répondit saint Pascal qui seul a pu être l'historien de ce fait arrivé jusqu'à nous. Encore remplie d'inquiétude et craignant qu'il n'arrivât en route quelque accident à son fils, Isabelle lui enjoignit de ne plus s'exposer ainsi. Mais quelle que fût l'obéissance de notre saint enfant, la voix de l'Esprit d'amour était plus forte que celle de sa mère et il ne savait résister à ses divines invitations. Il retournait, il volait offrir sa compagnie innocente à Celui

qui se plaît parmi les lis. Il restait en adoration, nourri, satisfait déjà par le très saint
Sacrement. La mère recommençait ses plaintes, et le jeune bienheureux ses visites con-
solées au Tabernacle.

Si Pascal préludait déjà à son appel spécial
à l'amour de l'Eucharistie, il était aussi
entraîné vers la Dame du Séraphique Père,
la très sainte et haute pauvreté. Il n'aimait
pas les habits luxueux, les étoffes brillantes.

Il comptait parmi ses cousins un jeune
enfant. Ses parents qui se nommaient Del-
gardo avaient donné à leur fils, au baptême,
le nom de François. Bien plus, dès qu'il eut
atteint l'âge de sept ans, ils l'habillèrent en
franciscain afin de le confier davantage à son
séraphique Patron, d'après une pieuse coutume de la catholique Espagne.

La livrée des Frères Mineurs dont il fut
revêtu, valut immédiatement au petit François la tendre affection de l'innocent Pascal.
Une sainte envie se lisait sur son jeune visage

lorsqu'il considérait la petite miniature de
religieux. Il ne pouvait s'en détacher, touchait et retouchait la bure chérie, objet de
ses désirs et pour laquelle il manifesta peu
après son ardent attrait.

François tomba malade. Pour le distraire
et abréger les heures, on fit venir son cousin.
Toutefois ce ne fut pas François qui attira
tout d'abord l'attention de Pascal. Son premier regard se fixa sur l'habit des Mineurs
déposé sur un meuble au chevet du lit.
C'était une bonne occasion et le jeune saint
n'avait garde de la laisser passer. Il se hâta
de revêtir à son tour le vêtement religieux.
Il n'était pas vaniteux, notre Pascal ; et
pourtant, cette fois, il ne cessait de se regarder, de promener ses yeux remplis d'allégresse sur son humble parure. Assurément
le Saint-Esprit lui envoyait sa divine
lumière, lui faisant pressentir que sous ces
livrées de la pauvreté il devait conquérir la
palme de la victoire.

Même pour les saints les heures de délices s'écoulent, Pascal en fit ce jour-là l'expérience. Le moment du départ arriva et on l'appela. Il ne s'y refusa point, mais se présenta avec l'habit bien-aimé.

« Tout beau ! s'écria la famille, arrête-toi. Ces vêtements ne t'appartiennent point. Ils sont à ton cousin François qui les reprendra quand il sera guéri. »

En même temps on voulut lui enlever ses habits. Pascal s'en défendit avec fermeté. « Non, s'écria-t-il, c'est à moi que ces habits conviennent. Je dois les porter. Je veux être Frère Mineur. » On le supplia. Il continua d'affirmer ses droits au vêtement des Fils de saint FRANÇOIS. On le menaça, on ne fut pas plus heureux.

Comme on continuait d'insister, il pleura, il conjura. Son oncle surpris et même embarrassé par sa douleur si sincère fit appeler Isabelle Baylon.

Comme mère elle représentait le bon

Dieu à l'enfant et elle commandait. Par respect il se laissa enlever l'habit mais ne l'ôta pas lui-même. Ce ne fut pas sans le mouiller de pleurs et sans manifester sa tendresse qu'il s'en laissa dépouiller.

On croyait à un caprice d'enfant ; mais les regrets de Pascal persistèrent. On échouait en cherchant à le consoler.

Pascal donna encore un autre signe de l'appel divin qui l'attirait vers les Frères Mineurs.

En beaucoup de contrées d'Espagne on se sert d'une chaussure appelée espadrilles et qui diffère point ou peu des véritables sandales.

Notre Pascal préférait cette chaussure à toute autre, il aimait à y introduire ses pieds nus. Ce n'est pas tout. Il choisissait de préférence les espadrilles usées et mauvaises, heureux d'apparaître non revêtu des livrées du monde, mais de celles de la pauvreté.

C'est entre l'amour du signe de la croix, l'attrait du très saint Sacrement et celui de la pauvreté que les historiens nous présentent la toute petite enfance de Pascal.

Deux béatitudes servaient déjà d'ailes à ce jeune séraphin :

« Bienheureux les cœurs purs car il verront Dieu. Bienheureux les pauvres parce que le royaume des cieux leur appartient (1). »

(1) Tout ce chapitre est extrait des diverses vies du saint : *Auréole Séraphique.* — P. Christophe d'Arta. — *I Fasti della chiesa nelle vite dei sancti, etc.*

CHAPITRE II

LE SAINT BERGER OU EL BEATO

Le berger. — Conscience précoce. — Notre-Dame de la Montagne. — La pieuse houlette. — Visites de la sainte Vierge et des anges. — Éducation surnaturelle. — Mépris des plaisirs. — Patience. — Préservation miraculeuse. — Les chèvres. — Probité. — Mortification. — Saintes veilles. — Les raisins. — Refus d'une position brillante.

NOTRE Seigneur s'est plu à se faire connaître sous la figure du bon Pasteur. Il a voulu que son Église fût considérée comme un grand troupeau. Il a dit : « Je connais mes brebis et mes brebis me connaissent. »

L'Église a conservé la préférence du divin Maître. Ses princes veulent être appelés, eux aussi, des *pasteurs*. Le bâton pastoral est leur insigne, le Vicaire de Jésus-Christ est souvent désigné comme le premier Pasteur du monde chrétien. Le pallium est emprunté à la toison des agneaux.

Ce n'est pas tout : Abel était pasteur : Joseph gardait les troupeaux de son père ; David fut élu au milieu du sien. Plus privilégiés furent encore les bergers appelés les premiers près du Verbe Incarné à Bethléem. Elle est donc indéniable la préférence divine pour les bergers. Ils n'ont cessé de compter dans leurs rangs des saints, des privilégiés recevant des visites célestes, surtout celles de la Reine des anges. Que de fois, de nos jours encore, à la voix des bergers qui racontaient la visite de Marie, on a vu s'élever des temples et les foules accourir.

Pascal fut un de ces heureux bergers que la sainte Trinité, la très sainte Vierge et les anges environnent et auxquels ils apprennent à se servir de la nature pour s'élever au ciel.

A sept ans ses parents lui confièrent leur

troupeau (1). Ils n'eurent point à s'en repentir. L'enfant accepta sa charge avec la gravité et le sérieux d'un homme fait. Déjà sa conscience parlait un langage clair et ferme. Il veillait au bien de ses parents et aussi à la propriété du prochain. Sans cesse il était en éveil pour empêcher son troupeau de faire quelques ravages.

En même temps il croissait en sagesse et en obéissance à l'exemple de son divin Maître. Son père et sa pieuse mère qui s'était faite la maîtresse spirituelle de son Pascal, n'eurent jamais rien à lui reprocher. Il considérait leurs ordres comme émanant de Dieu lui-même. Bien plus il devinait leurs désirs. Aussi Martin et Isabelle le citaient-ils à leurs autres enfants.

« Considérez Pascal, disaient-ils, et marchez sur ses traces. »

(1) *Auréole Séraphique.* — *Chroniques de saint François.* — P. Christophe d'Arta, liv. I, chap. II.

Sa mère lui avait fait présent d'un rosaire. Ce fut la meilleure compagnie de l'aimable enfant. Il se plaisait à saluer son Immaculée Mère, à égrener sa couronne. Son cœur, sentant même le besoin de faire partager son allégresse, son amour, sa prière à ses petits compagnons, il inventa des chapelets de sa façon. Dix nœuds dans une corde, un peu d'espace, puis un gros nœud, de l'espace encore, puis une nouvelle dizaine de nœuds. Voilà un chapelet à bon marché. Aussi Pascal pouvait-il l'offrir à tous (1).

Ses frères eux-mêmes avaient un vrai respect pour le jeune enfant bien qu'il n'eût que sept ans encore. Jamais ils n'auraient osé en sa présence, se rendre coupables de quelque faute.

Pascal ne prenait point part aux jeux et pourtant on l'aimait. Chacun en le voyant si modeste, si recueilli, répétait autour du

(1) P. CHRISTOPHE D'ARTA, liv. I, chap. II.

petit berger : « Cet enfant sera un saint. »

Au milieu de son troupeau, l'enfant n'avait qu'un regret. Il était loin de l'église, il ne pouvait courir au pied du très saint Sacrement ainsi qu'il le faisait depuis sa plus tendre enfance, alors même qu'il ne savait point encore marcher. Dieu lui donna une consalation.

Un sanctuaire dédié à Marie s'élevait au milieu des monts où Pascal guidait ses brebis. Cet ermitage était sous le vocable de Notre-Dame de la Montagne. Ce fut l'oasis de Pascal. Il conduisait de préférence son troupeau autour du lieu consacré à Marie, et si l'herbage amoindri le forçait à s'éloigner, il trouvait encore moyen de prier et de travailler aux pieds de sa Mère (1).

Il avait toujours été très attaché aux images pieuses. Un jour qu'il devait s'écarter de

(1) P. Christophe d'Arta, liv. I, chap. ii.

l'ermitage, le fils bien-aimé de l'Immaculée
dit en son cœur :

« Pourquoi n'emporterais-je point l'effi-
gie de ma divine Reine ? »

Inspiré sans doute par les anges, il tira de
son sein une image de MARIE que sa pieuse
main avait déjà su peindre. La plaçant devant
lui il la sculpta sur son bâton de berger et la
surmonta d'une croix. Je ne veux point garantir que cette Vierge fût un objet d'art,
Pascal s'en inquiétait peu. Il lui suffisait
qu'elle fût un objet d'amour. Dès lors son
bâton devint pour lui une chose sacrée, il
ne s'en servait pas pour battre ses moutons.
Du reste ses historiens nous assurent que
rien n'égalait sa douceur envers ces innocentes bêtes ; il les grondait à la franciscaine
quand il trouvait qu'elles avaient commis
quelque méfait. Saint FRANÇOIS admonestant
frère loup et sœur cigale n'aurait point désa-
voué les réprimandes pastorales du berger

aragonais. Pourtant la houlette de Pascal ne restait pas sans emploi. Elle lui servait de chapelle portative (1).

Arrivé au lieu où devait paître son troupeau, il plantait en terre le bâton surmonté de l'image de la Mère de DIEU et de la croix, et devant cet autel d'un nouveau genre, il faisait ses prières, ses oraisons, était même ravi en extase.

La Vierge MARIE regardait avec amour cet enfant si jeune qui la servait avec tant de zèle et de ferveur et qui ne se plaisait que dans sa compagnie. Elle ne put résister à l'attrait de son innocence. Pascal vivait comme un ange. La Reine des anges vint donc le visiter souvent. Les esprits célestes à l'exemple de leur Souveraine, venaient consoler Pascal, l'aider, l'instruire de toutes façons (2). Les anges se firent même ses maîtres. Pascal, déjà

(1) P. CHRISTOPHE D'ARTA, liv. I, chap. II.
(2) *Auréole Séraphique.* — *Bollandistes.*

utile à sa famille, n'avait point le temps de
fréquenter l'école. Sans doute il aurait désiré
lire, non par ambition, cette passion ne fut
connue de lui ni comme enfant ni comme
Frère Mineur, mais à l'aide de la lecture il
pouvait apprendre à mieux connaître sa Mère
et sa Maîtresse, la douce Vierge MARIE, JÉSUS,
son Évangile, et redire les louanges de son
Créateur.

Il voulut donc savoir lire, et pour y arriver il s'adressa au Tout-Puissant. La bonté
divine ne lui fit pas défaut. Pascal sut lire
d'une façon surnaturelle, même un peu
écrire (1). Toutefois la divine Providence
qui règle tout avec harmonie ne lui donna
pas sur ce point une science trop complète.
Qu'en avait-il besoin celui dont le Saint-
Esprit devait dicter les œuvres bien que sa

---

(1) *Légendario. — Auréole Séraphique. —
Chroniques de saint François.* — P. CHRISTOPHE
D'ARTA, liv. I, chap. II.

vie s'écoulât dans les rangs des humbles Frères de l'Ordre Séraphique.

Dès que Pascal sut lire, il se procura les *Heures de Notre-Dame.* Dès lors on les lui vit sans cesse dans les mains, « car, disait-il, il est bon de recourir aux livres pieux pour éloigner les imaginations. » Jamais il ne se séparait de ses *Heures* bien-aimées. Toutefois sa piété ne nuisait en rien à l'accomplissement de ses devoirs. On se plaisait même à lui confier des troupeaux. Bien qu'il fût délicat de santé et que ce fût en partie à cause de cela que ses parents en eussent fait un berger, il trouvait moyen de s'acquitter parfaitement de sa charge ; aussi on le vénérait et on l'aimait comme un saint dans tout le pays.

Parfois les bergers séduits par son aimable complaisance cherchaient à lui faire partager leurs plaisirs. Mais il n'acceptait jamais. Son aspect grave et modeste devenait alors sévère bien que tempéré par la douceur.

Dieu se plaît à éprouver ses amis comme

l'or dans la fournaise ; il permit au démon d'exciter l'irritation dans le cœur des bergers. Ils raillèrent Pascal de ne pas vouloir jouer comme les autres enfants de son âge. Ils allèrent jusqu'à lui témoigner leur mépris et même le frapper. Ils furent vaincus. Pascal demeura patient au milieu de cette hâtive persécution, répondant simplement : « J'aime mieux souffrir que de m'exposer au péché. »

Pour ce prédestiné le sacrifice était moins grand qu'on peut le croire, car il ne se plaisait que dans la présence de Dieu, trouvant amer tout ce qui pouvait le distraire de l'union avec le Bien-Aimé.

Son père et ses frères eux-mêmes ne furent pas plus heureux dans leurs tentatives pour l'amener à se divertir. S'ils entamaient quelque partie de ce jeu appelé *pilotta*, Pascal obéissant y allait avec eux, mais bientôt, au lieu de prendre sa part de la récréation commune, il entrait en union avec son Dieu et goûtait autant de délices que s'il eût été dans un oratoire silencieux (1).

L'enfer fut vaincu. On laissa désormais le jeune saint suivre sa voie spéciale.

Bien plus, poussé par le Saint-Esprit, son protecteur, il conseillait, intruisait, sans qu'on en fût choqué. Les hommes faits eux-mêmes se laissaient influencer et émouvoir par ce jeune enfant. Ses compagnons ces-sèrent de le tourmenter, ils le désignèrent entre eux sous le nom de *El Beato*. Ces petits bergers disaient même : « Conduisons nos troupeaux avec ceux de Pascal. Ne nous éloignons point de lui. La protection dont Dieu le couvre s'étendra jusqu'à nous. »

Ils ne se trompaient pas. Il arriva qu'au pays d'Alconchel, un jeune berger chercha un abri avec Pascal sous deux arbres gigan-tesques. Une trombe, un vent violent s'élève

(1) *Auréole Séraphique.* — *Chroniques de saint François.* — P. Christophe d'Arta, liv. I, chap. III.

soudain, les arbres craquent, ils tombent, mais, ô merveille ! l'un à droite, l'autre à gauche, sans blesser les deux enfants. « Rendons grâces à Dieu, dit Pascal, faisant deviner que dans un si grand danger il était resté uni à Jésus. C'est par la sainte présence de Dieu et par sa puissance que nous avons été préservés (1). »

L'abandon à la Providence est un signe distinctif de l'attrait vers la pauvreté et un des caractères de l'esprit séraphique. La douceur et la patience sont les fruits de cette pratique.

Pascal qui était né franciscain, ne murmura et ne s'impatienta jamais.

Il ignorait le mensonge et l'intrigue ; se soumettre au bon Dieu était l'unique moyen qu'il employât pour se tirer des pas difficiles.

Lui arrivait-il un accident, une épreuve ? c'était pour lui une occasion de redoubler

(1) P. Christophe d'Arta, lib. I, chap. III.

ses louanges à son Créateur. Il bénissait
DIEU tandis que son entourage se plaignait,
s'irritait. Dans une de ces occasions, il arriva
à Pascal de reprendre un impatient : « Tais-
toi, frère, lui dit-il, sais-tu ce que nous
avons à faire ? Nous soumettre à la volonté
de DIEU ; tu le verras, la Vierge notre Mère
nous aidera et nous secourra (1). »

Il répétait souvent cette maxime, ajou-
tant qu'il fallait regarder les épreuves comme un cadeau du bon DIEU.

Un trait bien simple nous donne la mesure de la crainte qu'avait cette âme angélique d'offenser son Créateur et son DIEU.
Nous avons déjà dit avec quel soin il sur-
veillait son troupeau pour qu'il ne causât
aucun dommage au prochain.

Sa délicatesse de conscience se refusait à
garder les chèvres : « Non, disait Pascal,

---

(1) P. CHRISTOPHE D'ARTA, lib. I, chap. III. —
Chroniques de saint François.

les chèvres sont capricieuses. Elles vont de
ci, de là, on ne peut les empêcher de goûter au bien des voisins. »

Malgré tout le respect que le petit berger
portait à sa mère, elle n'arriva point à vaincre sa répugnance. Un jour elle lui demanda
de vouloir bien accepter parmi son troupeau
quelques chèvres appartenant à une de ses
tantes.

« Ma mère, répondit Pascal grave et suppliant, ne me demandez pas de me charger
de ces chèvres. Je ne dois pas le faire. Malgré ma diligence elles causeraient des dégâts.
J'en serais trop affligé. Je ne veux nuire à
qui que ce soit. Si je gardais ces chèvres,
j'en aurais sans cesse la crainte (1). »

Sa scrupuleuse probité sur ce point était
extrême. Depuis qu'il avait appris miraculeusement à lire et à écrire, Pascal portait

_____

(1) *Auréole Séraphique.* — *Chroniques de saint
François.* — P. Christophe d'Arta, liv. I, chap. IV.

toujours sur lui plume et encre. Quant au papier, il en ramassait quelques petits bouts ici et là qui lui servaient à marquer de vrais comptes de pauvreté et de probité.

Dès que ses moutons avaient touché au bien d'autrui, il inscrivait le bien, le nom du propriétaire, la valeur approximative du dommage. Qu'on ne croie pas pourtant qu'il voulût ajouter à la dépense de son patron. A la fin de l'année, lorsqu'il touchait ses gages, il reprenait sou par sou les amendes qu'il avait imposées lui-même, rendant cette somme au maître en disant :

« Je préfère satisfaire dans ce monde que de satisfaire dans l'autre (1). »

Pour arriver si jeune à tant de vertu, Pascal avait eu recours à la mortification. Son cœur était doux et miséricordieux pour autrui, mais quant à lui-même, l'enfant était

_____

(1) *Bollandistes.* — P. Christophe d'Arta, liv. I, chap. iv.

austère et pénitent déjà. Il jeûnait, portait le cilice, se disciplinait. Un jour, à l'âge de dix ans, un autre berger le surprit faisant des nœuds, non pas cette fois avec des cordes, mais avec des joncs marins.

« Pascal, dit-il au saint, que prétendez-vous faire avec ces cordes de joncs et les nœuds dont vous les enrichissez ? »

Pascal sourit et répondit simplement :

« Celle-ci est pour dire mon rosaire, celle-là destinée à expier mes péchés.

— Vos péchés, s'écria le curieux qui connaissait la vertu d'*El Beato*. Vous, Pascal, comment pouvez-vous pécher ?

— Comment, s'écria Pascal humblement et avec ferveur, mais partout, en marchant, en voyant, en pensant (1). »

Souvent il passait la nuit en prière.

Le soir les bergers se plaisaient à allumer de grands feux autour desquels ils faisaient

(1) P. CHRISTOPHE D'ARTA, liv. I, chap. IV.

la veillée, causant, se récréant comme au foyer. Pascal cherchait à se délasser d'une manière bien différente. A l'écart, à genoux, les yeux fixés sur l'ermitage de la montagne, il goûtait combien le Seigneur est doux, et la nuit s'écoulait sans que le corps, vaincu par l'âme, réclamât un repos nécessaire à tous.

Le chef des pasteurs disait souvent : « Mon berger Pascal ne ressemble à aucun autre. Au lieu d'avoir à le presser de quitter sa couche, je le trouve chaque matin agenouillé, contemplant radieux l'ermitage de la sainte Vierge. »

Ce fut sans doute ce chef berger qui soumit Pascal à une vraie épreuve. Il n'avait pas encore seize ans. Ce chef lui enjoignit de dérober à son intention quelques grappes de raisin.

« Assurément non, » répondit Pascal.

Le chef insista.

« Jamais, continua l'enfant, je préférerais

être mis en pièces que de prendre des fruits appartenant au prochain. »

Le chef berger n'était pas si scrupuleux. Voyant qu'il ne pouvait convaincre le jeune Pascal, il fit la besogne lui-même, s'emparant des grappes convoitées. Il invita même Pascal à partager son régal. Il échoua encore, l'enfant n'avait garde d'accepter des fruits dérobés.

Le ciel voulut montrer par un signe combien l'honnêteté de Pascal le rendait agréable aux yeux de Dieu. A peine le larron avait-il avalé les raisins, que son estomac se souleva et refusa de garder le bien d'autrui. Pascal eut pitié de lui, dit la chronique, mais ce ne fut pas sans lui faire un petit sermon dont le texte était que : *Bien d'autrui ne profite jamais* (1).

Depuis, cet homme laissa Pascal en paix.

Quand le froid contraignait le bienheureux

---

(1) *Auréole Séraphique.* — P. Christophe d'Arta.

à s'approcher du feu, il se faisait à part un petit foyer, près duquel les autres bergers n'osaient s'approcher. Leur saint compagnon avait donc toute liberté d'y réciter son rosaire, son office, d'y faire oraison ou d'y fabriquer ses rosaires de corde qu'il leur distribuait ensuite en leur disant d'aimer la sainte Vierge.

Nous ne quitterons pas Pascal berger sans raconter comment il triompha des ruses du démon, qui, prévoyant sa sainteté future, voulut le fixer dans le monde.

Je me plais à traduire littéralement les vieilles chroniques.

Il était notoire parmi les pasteurs ses compagnons, que dans sa charge, ses conversations, sa vie entière, Pascal ressemblait à un ange, toutes ses actions étant d'honnêteté et de sainteté, de même que des autres vertus. Il ne ressemblait en rien aux jeunes gens qui aiment la légèreté et le jeu, procédant en toutes choses comme un ancien rempli de maturité. Il ne se contentait pas de porter des habits simples, mais voulait des vêtements usés, déchirés, et cela même quand le dimanche, il se rendait à l'église entouré de tous les habitants. Ayant vu un Frère Mineur déchaussé, il voulut lui aussi parcourir pieds nus, non seulement les chemins commodes, mais au contraire les plus difficiles et les plus rudes (1).

Il était alors pasteur d'un nommé Martin Garcia, homme riche. Mais sa femme et lui n'avaient point d'enfant. Voyant Pascal revêtu des dons de DIEU, ils l'aimèrent tendrement et Martin Garcia lui tint ce discours :

« Pascal, mon fils, abandonne ton troupeau et viens dans ma ville. Moi et ma compagne nous te regarderons dans notre maison comme notre propre fils et nous te caresserons

(1) *Legendario.* — *Auréole Séraphique.* — *Chroniques de saint François.*

comme si tu l'étais. Viens, sois-moi un bon fils auquel je laisserai la jouissance de mes richesses. Toute chose sera tienne, et quand je serai mort, tu entreras en possession de tout mon avoir. Tout le monde pourra dire que tu as été privilégié parce que tu as trouvé un père pourvu des biens de la terre, des plaisirs qu'ils procurent et qui n'a épargné aucune fatigue pour les acquérir. »

Mais saint FRANÇOIS, dit le vieux chroniqueur, avait été plus diligent que Martin Garcia. Il avait imprimé dans ce cœur qui était sien, l'amour de la pauvreté comme une sauvegarde. Rien ne pouvait ravir cette perle précieuse à Pascal. Aussi ne fit-il pas attendre sa réponse à Martin Garcia.

« Seigneur, lui dit-il, votre faveur et votre courtoisie que je ne mérite pas me sont chères. Mais mon intention est de servir DIEU en pauvreté et dépouillé de toutes choses, sans biens ni richesses de la terre. Pour rien au monde je ne voudrais abandonner ma résolution. Mon unique ambition est d'être un religieux mendiant. »

Vainement on fit observer à Pascal qu'il faisait, en renonçant aux biens de Martin Garcia, un grand tort à sa famille, il ne cessa de répondre à toutes les instances :

« J'ai déterminé de suivre JÉSUS-CHRIST pauvre et nu. Je ne puis donc adopter un autre père ni accepter les richesses de ce monde. Sous la Providence de mon Père céleste, rien ne peut me manquer. C'est là ma foi, mon espérance. Je veux dire en esprit et en vérité : « Notre Père qui êtes aux cieux (1). »

Pascal berger n'était-il pas digne d'être fils de ce Mendiant d'Assise qui, abandonné par son père, s'écria lui aussi : « Maintenant je puis dire : Notre Père qui êtes aux cieux. »

(1) *Legendario.* — *Bollandistes.* — *Auréole Séraphique.* — *Chroniques de saint François.* — P. CHRISTOPHE D'ARTA, liv. I, chap. VII.

CHAPITRE III

L'APPEL SÉRAPHIQUE

Vocation naissante. — Le confident de Pascal. —
Attrait pour la pauvreté. — Visite de saint
François et de sainte Claire. — La fontaine
miraculeuse. — Dépouillement. — Adieux à
Notre-Dame de la Montagne.

L E lys croissait au milieu des épines, la
vertu de Pascal se développait au milieu
du monde, mais notre saint ne tarda pas à
s'apercevoir qu'il était comme un exilé
parmi les séculiers. Il se sentait fait non pas
seulement pour la pratique de la loi, mais il
voulait aussi les conseils évangéliques. Son
humilité s'effraya cependant. « Pauvre igno-
rant que je suis, se disait-il, est-ce que je ne
me berce pas d'une illusion en espérant
atteindre le port de la vie religieuse ?
Comment arriver à mon but ? » Le Saint-Esprit

lui répondait au fond du cœur : « Confiance et courage ! je te guide, c'est moi qui te fais comprendre les périls du monde, je te donnerai les moyens d'en sortir. »

Pascal consolé n'abandonnait donc point son projet, il priait, demandant au Seigneur dans quel couvent il devait entrer. Il en connaissait peu n'étant jamais sorti de son pays.

Parmi les bergers qui l'entouraient il en était un dont la discrétion, le cœur aimant et le caractère doux et tranquille, avait obtenu une plus grande intimité et une plus grande affection de Pascal qui, nous l'avons vu, était loin d'être banal. Ce jeune pasteur se nommait Jean Apparitio. A son tour il s'était tendrement attaché à Pascal. C'était un avantage pour l'âme d'Apparitio quand Pascal déversait parfois dans le cœur de son ami le trop plein de son ardent amour. Consumé du désir de se faire religieux, il allégea sa peine en faisant part à Jean de l'appel divin. L'amitié des deux enfants s'était resserrée. Depuis trois ans ils ne se quittaient guère. La communication de Pascal fut donc pour Apparitio une véritable épreuve. Il ne cacha pas ses regrets à son ami.

« Oh ! Pascal, lui dit-il, suis-je donc condamné à te perdre ? Ne voudrais-tu pas continuer avec moi la vie simple, innocente et pieuse qui est la nôtre ?

— Non, répondit Pascal, le monde n'est pas fait pour moi, je suis appelé à la vie religieuse.

— Puisqu'il en est ainsi, continua Apparitio désolé, je t'en supplie, ne quitte pas du moins notre pays. Il y a, tu le sais, à une lieue de Torre Hermosa un monastère consacré à la Vierge MARIE, ta Reine et ta Maîtresse. Entre au monastère de Notre-Dame de la Herra ou du Jardin Royal, prends-y l'habit. Les religieux en sont très estimés, nos voisins, et léur vie facile et commode t'assurera un heureux avenir. »

Pour Pascal, la vie facile n'était pas le

APPARITION DE SAINT FRANÇOIS ET DE SAINTE CLAIRE

A SAINT PASCAL BAYLON

d'après une ancienne gravure de l'Ordre.

vrai bonheur. Il entendait les choses à la manière de son Père saint FRANÇOIS, aussi se hâta-t-il de répondre à son ami :

« Ce genre de vie ne me plaît pas. Oui, le Seigneur m'appelle à le suivre, mais à le suivre pauvre, nu, et à marcher vraiment sur les traces de mon divin Maître (1). »

Cet entretien laissa Pascal plus que jamais décidé à suivre la voie des parfaits.

Quinze jours après environ, il devait revenir sur ce sujet avec Jean Apparitio, mais avec plus d'énergie encore. DIEU venait de lui faire une de ces grâces qui décident de toute une vie. Saint FRANÇOIS et sainte Claire lui apparurent comme déjà l'avait fait la Reine des anges.

« Pascal, lui dirent-ils, DIEU a pour agréable ton dessein de te faire religieux. »

Ils lui révélèrent des choses secrètes que Pascal ne raconta pas et lui annoncèrent la

(1) P. CHRISTOPHE D'ARTA, liv. I. — *Auréole Séraphique.*

visite d'autres Frères Mineurs (1), faveur qu'il reçut en effet. Ces deux saints dont la dévotion au très saint Sacrement est historique, ne quittèrent point leur protégé sans l'avoir exhorté à mépriser de plus en plus les choses de la terre.

Quinze jours après leur précédent entretien, les troupeaux de Jean Apparitio et de Pascal se rencontrèrent dans un même champ et les deux amis se joignirent.

« Oh ! dit Pascal à son cher compagnon, je suis bien décidé ; je ne veux en ce monde ni richesses, ni argent, ni choses semblables. Je veux suivre mon Seigneur ne me faisant religieux. »

Il lui raconta alors avec simple confiance la chère visite de saint FRANÇOIS et de sainte Claire.

« J'ai vu, lui dit-il, un Frère et une Religieuse. Ils m'étaient envoyés du ciel, pour

(1) *Chroniques de saint François.*

me dire de quitter mon pays et qu'il plaisait à DIEU que j'entre en religion. Après me
sont apparus d'autres Frères. DIEU soit béni,
je connais maintenant ma voie. »

En même temps, le manteau du saint
pasteur s'écartant, Apparitio s'aperçut que
Pascal était revêtu de l'habit des Mineurs.

Le saint saisit le regard de son ami et
sans doute se voyant surpris il dit à Jean :
« Compagnon, demeure avec DIEU. Pour
moi je m'en vais servir le Seigneur (1). »

Cela dit, il le laissa. Peu de jours après
ils reprirent le même sujet de conversation.
Jean insistait toujours pour que Pascal con-
tinuât son humble et simple profession. Pascal s'en défendait en disant combien les dis-
cussions qui naissaient souvent à cause des
brebis et des paturages et les manques de
charité, rendaient le métier de berger pesant
à son âme.

« Je veux me faire Frère Mineur, déclara-

(1) P. CHRISTOPHE D'ARTA, liv. I.

t-il. DIEU a posé dans mon cœur la perle de la sainte pauvreté évangélique. Déjà je commence à en goûter la douceur. »

Ce fut sans doute lorsqu'ils devisaient ainsi que DIEU voulut donner à Apparitio une preuve de l'appel divin fait à Pascal pour entrer dans la voie des saints.

Le miracle charmant qui fut le signe céleste est digne des plus belles pages séraphiques. Les jeunes gens avaient marché longtemps dans le chemin de Cabra Fuentès à Bobadilla. Ils arrivèrent ainsi en un lieu sec et aride, disent les historiens, où se trouvait seulement, ajoute l'historiographe du saint, une mare boueuse où l'on ne pouvait tenter de boire, fût-on dévoré par la soif.

Apparitio, fatigué, se plaignait de la ressentir cruellement. Son ami, le voyant souffrir, en eut une sainte pitié, et comme Jean proposait de regagner à pas de course quelque lieu où l'on pût se désaltérer :

« Non, ami, dit Pascal, tu es trop fatigué,

ne quittons pas cet endroit, tu vas voir, je vais faire venir de la bonne eau. »

S'écartant alors de la route, il déposa sa panetière de berger, et avec sa houlette, sans doute celle que surmontaient le signe de notre rédemption et l'image de MARIE, il frappa le sol en même temps qu'il élevait son cœur à DIEU.

L'eau jaillit belle, abondante, excellente, comme tout ce qui vient du ciel.

Les deux amis s'assoient et font près de la miraculeuse fontaine le déjeuner de saint FRANÇOIS, c'est-à-dire qu'ils trempent leurs croûtons de pain dans l'eau que vient de leur envoyer la divine Providence.

Pascal était souriant et tranquille, mais Apparitio restait dans la stupéfaction. Comment son ami avait-il pu se procurer cette onde si fraîche ?

« Pascal, lui dit-il, comment t'y es-tu pris pour faire jaillir cette eau si bonne et si claire ? »

Bienheureux les cœurs simples ! Pascal lui répondit sans embarras :

« Compagnon, quand tu auras soif et que l'eau manquera, gratte la terre avec ton bâton et tu la verras jaillir aussitôt. »

L'humilité du saint lui inspira cette réponse. Il voulut présenter comme toute naturelle la merveille qu'il venait d'obtenir du ciel.

Il n'est pas probable qu'Apparitio fut convaincu, mais il n'osa pas insister. Il se leva quand Pascal lui rappela qu'il était temps de se remettre en route, mais il quitta avec regret la fontaine miraculeuse. Dès que ce lui fut possible, il retourna seul au lieu du prodige. La source avait disparu.

« Pascal est un saint, » se dit-il en son âme. Et il marqua d'une croix la place de la merveille dont il avait été l'heureux témoin. Cette croix existait encore lorsque Jean fit sa première déposition à Villareale (1).

---

(1) P. Christophe d'Arta, liv. I. — *Chroniques de saint François.*

Jamais il n'avait pu oublier l'ami de son cœur. Il lui avait survécu, et quand la renommée lui apprit la sainteté de Pascal et les grâces qu'il obtenait à ses dévots au lieu de sa sépulture, Apparitio s'écria :

« J'irai, je veux prier moi aussi sur les reliques de celui que j'ai tant aimé. »

Ce fut une permission du ciel. Jean était alors bien vieux. Les Religieux Mineurs éprouvèrent une grande joie et considérèrent comme une grâce de pouvoir interroger le compagnon chéri de Pascal. En faisant sa déclaration, il jura avoir tenu caché jusque là les faits qu'il avait déposés, ne sachant s'il faisait bien ou mal de révéler les secrets de son bienheureux ami.

Ayant ainsi répandu dans son pays la bonne odeur de JÉSUS-CHRIST, Pascal se disposa à suivre l'ordre du ciel et à abandonner son foyer. Toutefois ce ne fut pas sans se dépouiller.

Poussée peut-être par la pensée de son

départ, la famille mit sur le tapis les intérêts matériels. Notre saint ne cacha pas le
mépris qu'il faisait des biens de ce monde.

« Faites vos partages sans vous inquiéter
de moi, dit-il, je renonce à ma part d'héritage. Je serai Frère Mineur. Ma richesse est
la pauvreté (1). »

Ayant ainsi tout disposé, dénué des biens
de la terre mais comblé des faveurs du ciel,
il fit ses adieux à Notre-Dame de la Sierra,
l'objet de ses plus vifs regrets en quittant
la montagne aragonaise. Comment s'en
étonner ? MARIE s'était faite sa Maîtresse.
Dans ces derniers temps elle s'était adjoint
FRANÇOIS, Claire et des saints Mineurs déjà
en possession de la bienheureuse éternité.
Pascal reconnaissant pouvait-il quitter sans
regret le lieu où il avait été comblé de tant
de faveurs ?

Il fit cependant son sacrifice. Son séra-

(1) *Auréole Séraphique.* — P. CHRISTOPHE
D'ARTA, liv. I.

phique Père lui avait dit : « Quitte ta
patrie. » Il dit adieu au sanctuaire de sa
divine Reine ; le royaume de Pascal n'était
pas de ce monde.

———

CHAPITRE IV

TOUJOURS EN AVANT SOUS LA GARDE
DE MARIE

Le petit Frère. — Visite à sa sœur. — La Province Saint-Jean-Baptiste. — Notre-Dame de Lorette. — La divine Bergère. — Le rosaire. — Saint Joseph. — Esprit surnaturel. — Régularité. — Consolations au saint Sacrifice.

L E voilà donc en route le pauvre du bon Dieu !

Pour donner à son départ un motif plausible il avait dit à tous qu'il se rendait à las Penas de S. Pedro, au royaume de Murcie, afin d'y visiter une de ses sœurs qui y était établie.

On le vit s'éloigner à regret. Il était de ceux à qui on peut appliquer cette parole : « Bienheureux les doux car ils posséderont la terre. » D'instinct comme son Père séraphique, il ouvrait tous les cœurs en donnant à tous le nom de Frère. Sa marraine, plus que les autres peut-être, avait deviné tout ce qui se cachait de vertu dans le cœur de son filleul, et à son tour, elle aimait à l'appeler : « Mi Frate. » Quand elle apprit l'entrée de Pascal dans l'Ordre des Frères Mineurs, elle s'écria joyeuse : « DIEU ne m'a pas trompée, j'avais entrevu l'avenir de Pascal. »

N'anticipons pas.

Notre voyageur passa donc à las Penas de S. Pedro. Sa sœur accueillit avec joie son Pascal bien-aimé. Aidée de Jeanne Garcia, sa compagne, elle prépare à son hôte un excellent souper. Peine inutile ! notre saint n'accepte malgré ses instances qu'un morceau de pain et un peu d'eau.

« Il est fatigué, » pense l'Espagnole, et se tournant vers Jeanne, elle la prie de disposer la chambre de son frère, et de préparer son lit. Cette Jeanne Garcia a déposé ce qui suit :

« Quand j'eus tout arrangé, la sœur de
Pascal et moi, nous le conduisîmes à son
appartement. Il nous pria de nous retirer
disant qu'il éteindrait lui-même la lumière.
Dès que nous eûmes franchi la porte, il tira
le verrou. Ceci excita notre curiosité et peu
après, sa sœur et moi nous vînmes faire
notre inspection. La lumière brûlait toujours.
Regardant par une fente de la porte, nous
aperçûmes le saint tenant en main une rude
discipline et tout aussitôt nous l'entendîmes
s'en frapper si cruellement, que nous ne
pûmes retenir nos larmes. »

Tout émues par ce spectacle, les deux
femmes préparèrent le lendemain le déjeuner, espérant qu'il remettrait Pascal de ses
fatigues et de ses pénitences.

Comme la veille, le saint voyageur n'accepta que du pain et de l'eau.

« Prenez au moins quelques provisions
de voyage, » lui dit sa sœur attendrie. Le
saint refusa. Comme elle insistait, sa charité

ne voulut point lui faire de peine, et il reçut en aumône très peu de pain et de l'eau pour remplir une petite gourde.

A peine s'était-il éloigné que les deux femmes émues montèrent à la chambre que Pascal avait occupée durant la dernière nuit. Le lit était tel qu'elles l'avaient apprêté. Le saint ne s'en était point servi. Il avait passé la nuit en prière ou avait dormi sur le sol. Grande fut leur édification. Sage était leur visiteur ; il se préparait par la prière et la mortification à suivre l'appel de Dieu (1).

Comme nous l'avons vu, le passage de Pascal en Murcie n'était qu'un prétexte. Ce n'était pas pour la chair et le sang que notre saint s'était mis en route. Son but était : *Son Dieu et son tout.*

Il se rendait vers les Frères Mineurs, fils de celui qui nous a laissé cette impérissable formule de perfection.

(1) *Chroniques de saint François.*

Le projet de Pascal était de se rendre au
royaume de Valence où la sainteté, le zèle
du grand saint Pierre d'Alcantara venait de
fonder la province Saint-Jean-Baptiste. Deux
couvents existaient déjà, l'un à Elche, celui
de Saint-Joseph, donné par Jeanne de Por-
tugal, marquise d'Elche. Cette illustre dame
était très dévote aux Franciscains et s'était
plu à les établir au milieu de son fief. L'autre couvent s'était fondé à deux lieues de là,
à une petite distance de ville de Monfort,
deux kilomètres environ, et à quatre lieues
d'Alicante. Il y avait là un ermitage où l'on
vénérait une image miraculeuse sous le nom
de Notre-Dame de Lorette. Les habitants
de Monfort, très dévots à MARIE, voulurent confier son sanctuaire à des Religieux.
Ils appelèrent les Fils de saint FRANÇOIS. Ce
fut une grande joie pour le pays. Tous ad-
miraient ces pauvres évangéliques, véritables
apôtres, qui appelaient les âmes à l'amour
et à la pénitence, à l'exemple de saint FRAN-

çois d'Assise et de Pierre d'Alcantara (1).

Ces deux couvents existaient, comme nous l'avons dit, avant l'arrivée de Pascal. Toutefois il n'osa pas se présenter de suite comme postulant. Il se croyait indigne. Quatre ans il continua ses fonctions de berger, menant une vie si parfaite qu'il était l'admiration de ses compagnons et de ses voisins.

Tout porte à croire qu'il entra dans le troisième Ordre, car Apparitio déposa qu'un an après son départ, Pascal fit un voyage dans son pays natal étant revêtu du chapeau et de la pèlerine que portaient alors les membres du Tiers-Ordre (2).

Pascal avait voulu le voisinage des Mineurs. Devant choisir entre les deux couvents de la Province Saint-Jean-Baptiste, son élection ne pouvait être douteuse. Comme le cerf, il vint à la source d'eau vive de son amour, à la très sainte Vierge MARIE. Les historiens

(1) *Auréole Séraphique.*
(2) CHRISTOPHE D'ARTA, id.

nous disent encore : bien douloureux lui
avait été l'adieu à l'ermitage de Notre-Dame
de la Montagne, aussi grande fut sa joie de
retrouver une Madone non moins miraculeuse et d'autant plus chère qu'elle était
vénérée dans un couvent de Frères Mineurs,
et surtout son sanctuaire renfermait l'Hôte
divin du Tabernacle, objet de l'amour spécial de notre berger. Ainsi qu'il avait erré
autour de Notre-Dame de la Sierra, il fit paître son troupeau autour de Notre-Dame de
Lorette. Humainement parlant, les pâturages
auraient dû s'épuiser. Il n'en était rien.

Les pâtres étonnés se disaient les uns aux
autres :

« Que fait donc ce berger ? il ne s'éloigne
pas du couvent. Quelle herbe peuvent rencontrer ses brebis et ses agneaux ? Tout
doit être tondu, leur dent ne doit rien trouver
à paître. »

Comme en beaucoup d'autres lieux, ils
crurent même charitable de s'occuper des

affaires de leur voisin. Ils furent donc trouver le maître de Pascal et lui dirent : « Votre berger tourne toujours dans un même cercle. Il ne s'éloigne pas de Notre-Dame de Lorette. Gare que votre troupeau ne pâtisse. »

Le patron voulut voir les choses par lui-même. Il trouva en effet Pascal dans les champs préférés.

« Pascal, lui dit-il, pourquoi demeures-tu toujours au même endroit et ne vas-tu pas chercher au loin des pâturages plus frais et plus abondants ? »

Le saint lui répondit :

« Moi et mon troupeau nous ne pouvons être bien que sous le regard de la sainte Vierge. Sa protection nous engraisse plus puissamment que toute chose. Regardez plutôt ! »

Le maître considéra le troupeau. Jamais il n'avait été plus beau, mieux soigné, plus consolant enfin pour l'œil d'un propriétaire.

Ravi d'admiration et comprenant que la

foi de son berger obtenait des prodiges :

« Ami Pascal, dit-il, tu as raison, agis en toute liberté (1). »

Du reste, plus il avançait dans la vie et plus la protection divine se manifestait autour du saint berger.

Les loups étaient nombreux dans le pays, les pâtres devaient veiller sans cesse afin de garantir leurs moutons de leur dent cruelle. Pascal avait à sa disposition un bien meilleur préservatif. Hélas ! il est seulement à la disposition des saints. Il abandonnait son troupeau à son Immaculée Mère. La divine Bergère et les anges veillaient pour lui. Durant ce temps le serviteur de Marie priait humblement à la porte des Religieux gardiens du sanctuaire de Notre-Dame de Lorette et du très saint Sacrement.

Ne s'en éloignant jamais, il était à même d'entendre sonner l'*Angelus*. Le souvenir

(1) Christophe d'Arta, id.

du respect avec lequel il le récitait en se tournant vers la chapelle a laissé de profondes impressions et s'est transmis jusqu'à nous.

Voulant que tous le connussent pour le serviteur de MARIE, il portait le rosaire à son cou, à moins qu'il ne le tînt dans ses doigts pour le réciter. Depuis son enfance il s'était fait l'apôtre de cette dévotion. Dans le royaume de Valence comme en Aragon, il invitait chacun à réciter le rosaire. Qui aurait pu lui résister ? Quand il parlait de MARIE, sa douceur était attirante. On savait d'ailleurs qu'elle était sa protectrice en toutes choses, car dans ses difficultés on l'entendait dire : « Mère de DIEU, aidez-moi ! Très sainte Vierge, venez à mon secours ! »

Qui peut aimer MARIE sans être dévot à saint Joseph, cet homme juste et craignant DIEU, qui semble destiné d'une façon spéciale à enseigner aux âmes l'oubli de soi-même et le dévouement à la cause de DIEU. Pascal avait donné la préférence à Notre-

Dame de Lorette, mais il avait comme un regret de ne pouvoir vénérer saint JOSEPH en priant autour du couvent des Mineurs d'Elche qui lui était dédié.

L'amour a de saintes industries. L'aimable berger découvrit un mont d'où l'on voyait à la fois le couvent de la Reine des anges et celui de son très pur Gardien. Les anges, serviteurs de la sainte Famille, durent présider aux prières, aux doux colloques auxquels se livrait Pascal entre MARIE et JOSEPH (1).

Aussi de plus en plus le pâtre aragonais était leur imitateur. Nul ne le surpassait dans l'observation de la loi de DIEU. Son zèle, sa charité le faisaient briller entre tous ; jamais une parole inutile ne tombait de ses lèvres vouées à la louange de son Seigneur. S'il ouvrait la bouche, c'était pour consoler les malheureux, leur venir en aide, communi-

(1) P. CHRISTOPHE D'ARTA, id.

quer les conseils que la Sagesse divine infusait dans son âme.

Autant il aimait le silence autant il fuyait les bavardages. Il ne pouvait supporter d'écouter les nouvelles de ce monde. Dès qu'il entendait raconter quelque chose de ce genre, il s'éloignait (1).

Parfois ses devoirs l'amenaient chez son maître : « Mais, disait-il aimablement, expédiez vite mon affaire. Le bruit m'incommode et j'ai hâte de me retirer. »

Comme en Aragon, Pascal eut un ami, Étienne Lopez. C'était son chef berger et Pascal l'aimait à cause de son penchant à la vertu. « Jamais, dit Étienne, je n'ai vu Pascal faire une action répréhensible. Le mensonge, le jurement lui étaient en horreur. Au lieu de recourir à ces affirmations coupables, fidèle au précepte de l'Évangile, Pascal aimait à me dire : « Sachez, mon compagnon, que si

(1) *I fasti della Chiesa,* 17 mai. — P. CHRISTOPHE D'ARTA, id.

vous m'entendez dire oui, en vérité — non, en vérité, vous pouvez me croire pleinement, car je ne plaisante ni ne dis de choses fausses. »

« Bien des fois, ajouta Étienne, il m'exhorta à pleurer mes péchés et je disais souvent : Si Pascal se fait Frère, il sera un grand prédicateur (1). »

Notre grand serviteur de MARIE, notre dévot à saint JOSEPH ne pouvait manquer de se faire remarquer par une innocence admirable. Nous l'avons dit, c'était un lys au milieu des épines et nul ne le vit ternir même légèrement le trésor de la chasteté. Cependant, s'il était simple comme la colombe, il était prudent comme le serpent. Non seulement il se gardait des dangers de la terre, mais il mâtait sa chair par des mortifications extraordinaires. Il voulait déjà imiter les Frères Mineurs en jeûnant durant le carême,

(1) P. CHRISTOPHE D'ARTA, id.

pendant l'Avent, toutes les vigiles, et aussi les mercredis et vendredis au pain et à l'eau. Ses veilles étaient continuelles.

Les pasteurs du pays faisaient de temps à autre des repas communs et l'invitaient à en prendre sa part. Toujours aimable il acceptait un peu de pain, le trempait dans de l'eau pure, puis s'éloignait prestement en disant : « Amis, je suis fort content de vous voir manger et boire. » Bien différent pour lui-même, il ne prenait jamais de vin et quoi que fît son patron quand il allait chez lui, il n'en acceptait jamais une goutte.

Il ceignait ses reins d'une rude corde de jonc, et les pieds, les jambes nues, il se plaisait à circuler au milieu des halliers et des épines. Le sang coulait, et les bergers voyant sa chair ensanglantée lui disaient :

« Pascal, pourquoi vous mettre dans cet état ? »

Leur humble compagnon répondait :

« Ainsi j'offre quelque chose pour expier

mes péchés et j'espère gagner le ciel (1). »

Ses disciplines étaient effrayantes, il ne permettait pas à l'ennemi de porter une atteinte même légère à sa pureté. Un pasteur qui était dans l'admiration de sa vie angélique, lui dit qu'il était bien heureux d'avoir une nature si différente des autres.

« Ami, lui répondit Pascal, le vent de la tentation souffle sur moi comme sur vous, mais dès que j'en sens les premiers assauts, je saisis une verge et me frappe si rudement que ma chair torturée se hâte de se montrer obéissante. »

Parmi les jeunes gens du pays, il en fut un que le démon inspira. Il voulut souiller cette vertu éclatante de Pascal, et essaya de l'entraîner à offenser DIEU. Pascal stupéfait, le considéra avec horreur :

« Osez, lui dit-il, et je vous chasserai, vous et celles que vous pourriez m'amener.

(1) *Auréole Séraphique*. — P. CHRISTOPHE D'ARTA, id.

Ne l'oubliez pas, vous seriez reçu à coups de pierres. »

La menace fit son effet, et l'envoyé de l'enfer se retira confus (1).

Il fallait une telle circonstance pour amener Pascal à faire quelque menace. En toute autre occasion sa charité ne savait pas se démentir.

Antonio Navarro fut son ami et son chef pasteur durant deux ans. Il l'entretint souvent dans l'intimité et témoigna de la charité de ce parfait chrétien.

« Pascal, dit-il, ne se contentait pas d'observer la loi de DIEU, mais sa charité n'était point satisfaite s'il ne parvenait à faire quelque bien autour de lui. On l'écoutait volontiers ; sa charité et sa douceur le rendaient agréable à tous. Jamais on ne le vit manquer à ses devoirs. Tout en gardant son troupeau, son temps était parfaitement réglé entre la

(1) P. CHRISTOPHE D'ARTA, id.

lecture, l'écriture, la prière. Tout se faisait
à l'heure. Pascal s'était procuré un petit
cadran solaire et ne perdait jamais une
minute. »

Il entretenait le feu divin qui le dévorait
en se rendant souvent au couvent de Lorette.
Il se confessait, communiait, et déjà excitait
l'admiration des Religieux qui le chérissaient.
Le jeune berger les vénérait à son tour
comme s'ils eussent été des anges. De fait, les
premiers Religieux de cette Province Saint-
Jean-Baptiste pratiquaient la Règle jusque
dans ses moindres prescriptions.

Leur austérité, bien loin de décourager
le pieux jeune homme, excitait son envie.
C'est surtout au saint sacrifice de la messe
qu'il épanchait son âme et ses désirs avec
JÉSUS-EUCHARISTIE. Les chefs pasteurs voyant
le besoin qu'il avait du Tabernacle, s'arran-
geaient pour qu'il pût assister à la messe
non seulement le dimanche, mais encore
durant la semaine. C'était donner à Pascal

la plus grande joie qu'il pût goûter sur la terre. Il restait là, prosterné, ravi, devant le Prisonnier d'amour. La pensée du devoir pouvait seule le rappeler à lui. Il se faisait violence alors pour s'arracher à l'église afin de relever les bergers et les remplacer à son tour.

Mais si Pascal était obligé de quitter le très saint Sacrement, Jésus-Eucharistie ne voulait pas quitter Pascal. Nous verrons dans le chapitre suivant par quel prodige Notre Seigneur fut souvent et en vérité pour le jeune berger, « le Pain des anges, le Pain descendu du ciel. »

CHAPITRE V

LE TRÈS SAINT SACREMENT VISITE PASCAL

Probité délicate. — Sa moisson miraculeuse. —
Fidèle observateur des lois de l'Église. — Jésus-
Eucharistie porté par les anges. — Admission
au couvent de Lorette.

Nous l'avons vu au début de la vie admirable du saint Frère Mineur, la dévotion première de Pascal, alors qu'il ne savait même pas marcher, était la visite au saint Sacrement. Malgré les craintes de sa mère, il s'y rendait, entraîné par une force invisible. L'amour attirait l'amour.

Mais alors que les devoirs de sa charge retenaient le berger au milieu de son troupeau et que ses désirs, franchissant l'espace, s'élançaient vers le saint Tabernacle, l'amour de Pascal attira à son tour l'amour suprême; ce ne fut plus Pascal qui alla visiter le très saint Sacrement, ce fut le très saint Sacrement qui vint le visiter.

Avant de raconter ces visites admirables qui suffiraient à elles seules pour expliquer le choix que Léon XIII a fait de saint Pascal, pour protecteur des œuvres eucharistiques, disons encore un mot de sa vie de berger à l'ombre du sanctuaire de Lorette. Il y avait porté l'honnêteté extraordinaire dont nous avons déjà admiré la délicatesse. Sans doute il avait conservé le souvenir de la punition infligée par le ciel à ce chef berger voleur de raisin, car on l'entendait dire : « Prendre dans une vigne des raisins par convoitise, c'est causer un grand dommage que l'honnêteté n'autorise point. »

Ses camarades le trouvaient trop délicat, cependant ils le respectaient.

Quelque dommage que son troupeau eût causé, il indemnisait le propriétaire ainsi qu'il en avait l'usage en Aragon. Les bergers étonnés lui firent cette observation :

7

« Mais Pascal, si vous continuez, vous finirez par payer plus cher que ne vaut votre troupeau. »

Le saint répondit avec esprit de foi :

« Entassant petites choses sur petites choses, l'homme prend le chemin de l'enfer. Je ne veux point mourir avec un poids sur la conscience. »

Sur ce il arriva que les bêtes de Pascal causèrent quelque tort à des champs dont notre berger ignorait le propriétaire : grande fut son angoisse, comment prendre note ? comment écrire le nom de l'intéressé puisqu'il était inconnu ?

Soudain il aperçoit sur la route un villageois qui cheminait. Il court à lui et l'interroge en disant :

« Pourriez-vous me dire quel est le propriétaire de ces terres voisines ?

C'est un tel, » répond son interlocuteur.

Pascal joyeux cherche son encrier pour écrire le nom qu'il vient d'entendre. Le diable s'en mêlait, l'encrier était perdu. Il n'y avait rien dans la poche du jeune homme. La figure de Pascal exprime la tristesse.

« Qu'avez-vous donc ? lui demande le villageois.

— Hélas ! lui répond notre saint, mon troupeau a fait tort au propriétaire et je n'ai pas moyen d'en prendre note. »

Cet homme se nommait Gaspard Guerra. Il trouva Pascal trop scrupuleux et ne se gêna pas pour le lui dire.

Le berger lui répondit :

« Ami, il vaut mieux payer ses dettes ici-bas, que d'aller les solder en enfer. »

Tout aussitôt, étant soudainement inspiré, il ouvrit légèrement l'oreille d'un agneau, trempa dans le sang de la bête innocente un petit bâton et écrivit le mieux qu'il put le nom que venait de lui donner Gaspard. Celui-ci regardait stupéfait et émerveillé(1).

(1) *Chroniques de saint François.* — P. CHRIS-TOPHE D'ARTA, id.

· Parfois même craignant que son estimation
ne fût arbitraire et trop peu élevée, il
aidait dans leurs travaux les propriétaires
lésés, bêchant, récoltant avec eux, enfin travaillant tout le jour, uniquement pour satisfaire sa conscience et n'acceptant en retour
aucun salaire, pas même du pain et de l'eau.

· Inutile de dire qu'il forçait les bergers
moins délicats à réfléchir sur le respect qu'on
doit au bien d'autrui. Les inventions de sa
probité étaient vraiment extraordinaires.
C'est ainsi qu'il n'aurait jamais osé donner
à d'autres le pain que son maître lui remet-
tait pour lui-même. Il préférait emporter
quelque monnaie provenant de ses gages et
soulager ainsi les pauvres du bon Dieu.

La probité de Pascal devint proverbiale.
Elle eut un résultat surprenant. Il était
d'usage dans le pays de porter au tribunal la
question des dommages faits par les troupeaux. Le saint était tellement connu
comme intègre et vrai, qu'à ce tribunal, sa

simple parole était acceptée comme un ser-
ment et suffisait pour trancher la question
aux yeux des juges (1).

Dieu se plaît toujours à proclamer par
des miracles combien lui sont agréables les
vertus qui éclatent d'une façon spéciale en
ses serviteurs et ses amis.

La probité de Pascal donna donc lieu à
un de ces prodiges.

Les moutons du saint firent les marau-
deurs, cette fois le dommage était assez considérable. Le berger aragonais désolé va se
dénoncer lui-même. Les experts envoyés
par le tribunal évaluèrent la perte à une
mesure de grain, nommée *barchillo,* dans le
royaume de Valence.

Toutefois pour être plus certain que l'a-
mende était suffisante, il fut convenu qu'ils
reviendraient au temps de la moisson pour
voir ce que porterait le blé arrivé à matu-

(1) P. Christophe d'Arta, id.

rité, et évaluer de nouveau la perte occasionnée à celui qui avait été tondu.

L'heure des moissonneurs sonna et aussi celle de la nouvelle visite des experts. Quelle surprise pour tous! Dans le lieu où les moutons de Pascal s'étaient nourris, les épis étaient plus beaux et plus nombreux que partout ailleurs.

Le peuple émerveillé bénit DIEU et comprit que le Maître de toutes choses avait voulu rendre hommage à la sainteté de son serviteur (1).

Notre saint, si délicat quant aux dommages faits par son troupeau, était loin d'être dur pour les innocentes bêtes confiées à ses soins. Il ne les frappait jamais, les guidant et les dominant par sa douceur. S'il les menaçait parfois, c'était pour les décider à obéir, et dans sa manière de conduire son troupeau, on reconnaissait l'abondance de la divine charité dont il était rempli.

(1) P. CHRISTOPHE D'ARTA, id.

Pascal qui avait une idée si grande du droit des gens, élevait encore bien plus haut les droits de DIEU.

Sachant que dans les campagnes l'ignorance occasionne des manquements involontaires, il se procurait un calendrier où étaient marqués les jeûnes, les fêtes et les indiquait à ses compagnons. Il gardait le dimanche avec une dévotion et un soin jaloux. Il n'aurait même pas voulu ce jour-là, ramasser un peu de bois.

Nous avons dit avec quelle piété il assistait au saint sacrifice. Plus il avançait dans la vie et plus son amour de l'Eucharistie le suivait partout et devenait son cachet spécial. Au milieu des champs, quand il entendait sonner quelque messe, il s'y unissait avec la ferveur d'un séraphin. Lorsque tintait l'élévation il s'inclinait profondément. Son âme franchissait l'espace et s'abîmait dans l'union avec son Bien-Aimé. Désolé d'être loin, il appelait son JÉSUS comme l'appelle l'Église,

lui demandant de hâter le jour où il habi-
terait dans la maison du Seigneur. Ne peut-
on pas vraiment mettre dans la bouche de
Pascal au moment du miracle que nous
allons raconter, l'appel de la sainte Église au
temps de l'Avent :

« Nuées, faites pleuvoir le Juste, envoyez
Celui que vous devez envoyer, faites sortir
l'Agneau. Qu'il s'élance de la pierre du désert
sur la montagne... qu'il enlève lui-même le
joug de notre captivité. »

Les nuées obéirent, elles firent pleuvoir
ce Juste que réclamait l'amour du berger
aragonais. L'Agneau s'élança de la pierre de
l'autel sur la montagne, où l'appelait les
ardeurs de Pascal. Il vint pour finir sa captivité, charmer ses derniers jours au milieu
du monde et l'en arracher.

Un jour donc, que notre pasteur dans
l'extase appelait son DIEU avec un amour
plus grand encore, une troupe d'anges lui
apparut tout d'un coup. Ils portaient le

très saint Sacrement dans une custode d'or.
Toujours aussi humble qu'il était simple,
Pascal ne put croire que tant de merveilles
l'eussent seul pour objet. Enflammé, ravi,
il appela ses compagnons : « Venez, leur
disait-il, venez, chers compagnons, venez,
adorez-le. Il est là, les anges nous l'appor-
tent : le très saint Sacrement est au milieu
de nous. »

Les bergers arrivaient à son appel. Ils
écarquillaient les yeux, ils mettaient grande
bonne volonté. Hélas ! ils ne voyaient rien.
La faveur était pour l'amant de l'Eucharistie,
pour le privilégié de l'Esprit d'amour. Toutefois ils ne demeuraient pas sans une part
de la grâce. La seule vue de Pascal leur
apprenait assez qu'un prodige s'opérait au
milieu d'eux, et que sans le voir ils étaient
en face du Saint des saints (1).

Goûter une fois dans la vie un bonheur

(1) *Auréole Séraphique*. — P. Christophe
d'Arta, id. — *Chroniques de saint François.*

semblable à celui que nous venons de décrire serait déjà être bien privilégié. Pascal avait mérité davantage et ses historiens attestent que souvent le très saint Sacrement vint visiter le fervent berger.

Notre-Dame de Lorette qu'il aimait tant, envoyait sans doute les anges lui porter l'Eucharistie du tabernacle de son sanctuaire.

L'histoire ajoute que cette grâce unique produisit des effets merveilleux dans l'âme de Pascal. Elle redoubla son désir de voir s'ouvrir la porte des Frères Mineurs.

Comment n'aurait-il pas été attiré par ce FRANÇOIS d'Assise qui disait du très saint Sacrement :

« Je veux que ces mystères très saints soient honorés et vénérés par-dessus toutes choses, et qu'on les place en des endroits précieux (1). »

Son humilité croissait avec sa sainteté et

_____

(1) Testament de saint FRANÇOIS.

Pascal se trouvait bien indigne d'être le fils de FRANÇOIS le séraphique. Mais déjà il ne négligeait aucune occasion de rendre service aux Religieux Mineurs, suppliant DIEU de hâter l'heure où il serait leur frère.

Enfin il n'y tint plus et sollicita son admission. Fr. Jean de Cordoue était alors Gardien et Fr. Alphonse de Licrena, Provincial. Le Définitoire s'assemble. Il n'était guère besoin de mettre en cause l'admission d'un tel postulant. Le Fr. Joseph de Cardenete, qui avait reçu de Pascal en aumône du lait de son troupeau, attestait l'impression profonde qu'il avait conservée de sa charité.

Plus décisive encore fut l'opinion de Fr. Antonio de Segura, confesseur de Pascal. C'était un homme de haute vertu et de grand mérite : « Heureux sommes-nous, dit-il, d'admettre parmi nous une telle âme. Je puis bien avouer qu'au saint tribunal je n'ose lui imposer une plus longue prière que

le *Pater* et l'*Ave,* car elle suffit pour que Pascal entre en extase (1). »

. Au résumé, l'admission de Pascal causa
une joie générale à toute la communauté.
Il entra comme Frère, l'ayant demandé lui-
même. Depuis longtemps Pascal savait par
expérience que « celui qui s'abaisse sera
élevé » et que son divin Maître qu'il voulait suivre de si près, était venu « pour servir et non pour être servi. »

(1) P. CHRISTOPHE D'ARTA, id.

CHAPITRE VIII

UN SAINT DE PLUS DANS L'ORDRE DES MINEURS

Entrée en religion. — Prise d'habit. — Noviciat
modèle. — Profession. — Extases. — Le quêteur. — Le Frère mulet. — Thaumaturge déjà.

FÉCONDE a été la famille franciscaine. Les
saints n'ont jamais cessé de faire son
bonheur, sa gloire, sa richesse. — Aujour-
d'hui que les études historiques sérieuses
sont à l'ordre du jour, les esprits graves et
profonds ne peuvent s'empêcher de remarquer combien l'Ordre des Frères Mineurs
participe à la vie même de l'Église. — Il est
la miniature des épreuves et des triomphes
de la sainte Épouse de JÉSUS-CHRIST.

L'enfantement des saints de tout genre,
marchant dans toutes les voies, est un des
caractères spéciaux de la glorieuse ressem-
blance que nous nous plaisons à signaler ici.

Saint Pascal était un de ces dons de Dieu. Si les pâtres le virent avec tristesse abandonner leurs montagnes, les Religieux de Notre-Dame de Lorette et même tous ceux de la Province Saint-Jean-Baptiste ne tardèrent pas à comprendre qu'un saint leur avait été donné. Par une permission spéciale de Dieu, il conserva son nom de Pascal. Il prit l'habit en 1564, à l'âge de vingt-quatre ans (1).

Comme nous l'avons dit plus haut, le P. Jean de Cordoue fut son Gardien. Bien qu'il sût lire et écrire, disent ses historiens, malgré son ardent amour de l'Eucharistie, peut-être même comme son Père saint François, à cause de la haute idée qu'il avait du sacerdoce, il n'eut jamais la pensée d'y prétendre ; tout au contraire, il avait pris pour devise : « Pascal veut être le balai de la maison de Dieu (2). »

(1) *Auréole Séraphique.*
(2) *Chroniques de saint François.*

S'il eût trouvé quelque chose de plus humble, de plus infime que l'objet destiné à enlever toutes les balayures du couvent, il l'eût certainement pris pour terme de comparaison. Les Supérieurs le jugeaient selon la vérité, et convaincus qu'un tel apôtre pouvait rendre de grands services, ils lui offrirent de le faire étudier. Ainsi il eût été Religieux de chœur et prêtre ensuite, mais rien ne put vaincre l'humble attrait de notre saint.

Sans doute il communiqua à ses Supérieurs la volonté spéciale du Très-Haut, car ils finirent par se rendre à ses désirs, et ce fut comme Frère lai que Pascal fut admis parmi les pauvres évangéliques. S'il se faisait petit aux yeux des hommes, combien il était grand devant DIEU ! et que de joies il goûtait dans la maison de sa divine Mère ! Son but était atteint. Il était soldat du CHRIST, il marchait sous la bannière de saint FRANÇOIS ; il avait le droit de le regarder comme son chef, son modèle, de dire à tous : « La pauvreté de mon Père, son amour séraphique, sa simplicité de colombe sont mon héritage. Je suis enrôlé dans sa troupe. Il me commande, je marche sur ses pas(1). »

Il est facile de juger ce que dut être le noviciat de Pascal. Il était si régulier que son Maître des novices ne trouva jamais en lui ni résistance, ni manquements.

Pauvre mendiant déjà, l'aumône qu'il réclamait pour l'amour de DIEU, c'était celle des offices les plus pénibles et les plus bas. Son Maître des novices, habile et consommé en matière de perfection, trouvait même par là le moyen de mortifier son disciple. Il lui refusait parfois ces offices vils, objets de la sainte ambition du Fr. Pascal. Son œil scrutateur pénétrait alors le novice afin de constater s'il supporterait le contact de cette pierre de touche des saints, la contradiction. Il de-

(1) P. Christophe d'Arta, id.

vait s'avouer vaincu, Pascal ne montrait aucun trouble. Nous esquisserons rapidement le portrait que ses Frères ont laissé de ce fervent novice.

Devenu Frère Mineur, Pascal sentait son âme s'élever chaque jour davantage. Le souffle du Saint-Esprit le poussait en toutes choses. Nul ne le surpassait en obéissance. Sa conduite disait aussi bien que ses paroles : « Je ne cherche qu'une chose : la volonté du Seigneur. » Libre et désoccupé des affaires de ce monde, il ne s'attachait plus qu'au service de Dieu. Avec quel soin il s'appliqua à bien remplir les charges, à connaître le cérémonial et les saints exercices de l'Ordre. Mais s'il fut parfait dans le rôle de Marthe, combien plus encore il s'ensevelit dans le repos de Marie

Le Roi du ciel l'avait appelé à la perfection évangélique et Pascal, livré à l'union la plus étroite avec son Dieu, allait de demeure en demeure jusqu'aux plus hauts degrés de

8

l'amour divin. Déjà on murmurait autour de lui ce que tant de fois plus tard ses frères dirent :

«Nous n'avons jamais vu dans tout l'Ordre, un religieux plus parfait en tous les genres de vertu. Qui pourrions-nous lui comparer ? Jamais nous ne l'avons vu offenser le Seigneur même par un péché véniel ? Qui de nous lui a entendu dire une parole inutile ? l'a vu rire avec légèreté ? rester oisif une minute ? Comme un vrai pauvre il se dépense pour tous les offices du couvent ou bien il est en oraison. L'obéissance règle sa vie. »

Ce n'était pas seulement dans le couvent que Pascal avait cette réputation. Même dans le pays on répétait : « Les Frères ont reçu un grand serviteur de Dieu. Au couvent de Lorette il y a un saint, c'est le Fr. Pascal (1). »

Indifférent de l'admiration qu'il excitait et n'ayant qu'un souci, vivre du bon plaisir de

(1) *Chroniques de saint François. — Auréole Séraphique.*

Dieu, Pascal ne murmurait et ne s'attristait jamais. Il ne perdait jamais la patience et ne témoignait aucun mécontentement.

« Il est saint en toutes choses, disaient les Frères, assurément nous lui verrons faire des miracles. » Ils ne se trompaient pas. Les prodiges devaient entourer la vie de Pascal.

Ce fut en la fête des colombes, le jour de la Purification, 2 février 1565, que le jeune Religieux fit sa profession. Les Frères l'admirent avec consolation, car « disaient-ils, Pascal nous a donné de grandes espérances durant son noviciat (1). »

Il ne faut pas s'imaginer que c'était peu dire. Se faire remarquer par sa vertu à Notre-Dame de Lorette, c'était prendre d'emblée rang parmi les parfaits, tant la perfection resplendissait dans tous les Religieux de la Province. C'est probablement peu après que Pascal fut appelé à l'office de Frère quêteur,

(1) P. Christophe d'Arta, id.

bien que dans la Province Saint-Jean-Baptiste, les Frères lais fussent généralement tenus à l'intérieur du couvent et dans les offices les plus humbles, restant pendant huit ans sous la direction du Père Maître des novices.

Trois fois par semaine, les jeunes profès de la Province prenaient la discipline au chœur et au réfectoire. Pascal considérait tous ces assujettissements comme des grâces. Il y ajoutait encore et surtout ne se laissait vaincre par personne dans la pratique de la sainte pauvreté.

Novice, il avait été une espérance certaine, jeune profès, il dépassa l'attente. C'est ainsi qu'on put le voir souvent bêchant la terre avec un zèle courageux, puis soudain l'amour tout-puissant s'emparant de lui, Pascal tombait en extase, cessant de pouvoir dérober à la communauté le secret du divin Roi.

Peut-être pour ce motif il aimait la solitude et se chargeait joyeusement de la besace du quêteur. Il parcourait ces chères monta-

gnes, demandant l'aumône pour l'amour de
Dieu.

Nous terminerons ce chapitre en racontant un trait de son humilité et un miracle,
preuve de sa puissance auprès de Dieu.

Pascal faisait la quête de l'huile. On
l'aimait, les campagnards se montrèrent
généreux. On lui remplit si bien de grandes
gourdes qu'il y avait de quoi charger une
mule. Pascal soutenu par Dieu donna ses
épaules et prit la route du couvent.

Il était connu dans la contrée ; sur sa route
la bienveillance générale l'arrêtait souvent.
On lui disait :

« Frère Pascal, pourquoi vous êtes-vous
chargé d'un si lourd fardeau ? Vous auriez
pu trouver plus d'un mulet sur votre route
pour porter ce poids plus fait pour eux que
pour vous. »

Pascal eut un sourire joyeux. Il tenait
une de ces occasions qui, à l'exemple de
son Père saint François, jetait son humilité

dans le ravissement. Aussi se hâta-t-il de répondre : « Mes amis, où pourrait-on trouver un plus vrai mulet que moi ? » N'était-il pas le digne fils de ce FRANÇOIS d'Assise qui avant de mourir demandait pardon à son corps en l'appelant : « Frère âne (1) ? »

Dans une seconde occasion, il s'agissait de quêter de la laine. Ne voulant pas faire le trajet sans compagnon, ou cherchant peut-être à soulager sous un prétexte, Jacques Faxarino, son ami, il lui demanda de vouloir bien l'accompagner dans cette quête.

Jacques l'écouta surpris. Il était asthmatique et se trouvait dans une crise violente qui lui rendait impossible de monter même un escalier. Comment donc pourrait-il parcourir la montagne ?

Tout triste Faxarino s'excuse.

« Frère Pascal, dit-il, je voudrais bien vous

---

(1) P. CHRISTOPHE D'ARTA, id. — *Chroniques de saint François*, chap. VIII.

rendre ce service, mais vous le voyez, c'est impossible. Je ne puis faire un mouvement sans être tout essoufflé.

—Bah! dit le saint, venez, ne craignez pas. DIEU n'est-il pas capable de vous donner la santé ? »

Tout en engageant Faxarino à le suivre, Fr. Pascal met la main sur la poitrine du malade qui se sent guéri instantanément. Je laisse à penser si Jacques était joyeux. Léger, dispos, et voulant se prouver son bonheur, non seulement il accompagna Pascal dans sa tournée, mais il courait, sautait en gravissant les montagnes, voulant s'assurer qu'il n'était plus Jacques l'asthmatique mais le miraculé de Fr. Pascal.

L'expérience lui réussit, il put se convaincre qu'il était parfaitement guéri. L'enfer voulut se venger sans doute et DIEU le laissa faire pour donner une nouvelle preuve des dons merveilleux dont il honorait son serviteur.

La laine quêtée, les deux amis reprirent le chemin de Notre-Dame de Lorette et firent une première halte à la demeure de Faxarino. Certainement celui-ci avait hâte de faire constater aux siens l'état florissant de sa santé. Il n'eut pas le temps de se réjouir, car à peine avait-il passé la porte qu'on lui montra un de ces enfants en péril de mort. Un mal soudain l'avait mis dans ce grand danger. La foi éveillée par le premier prodige opéré en sa faveur, la famille de Jacques tourna les yeux vers Pascal.

. Le saint prie. Il rappelle à son JÉSUS qu'il a dans le ciel la même puissance qu'il avait sur la terre lorsqu'il dit au fils de la veuve de Naïm : « Lève-toi et marche. » Si le Seigneur a pu ressusciter un mort, refusera-t-il de guérir un agonisant ? DIEU ne sait pas dire non à Pascal. Dès qu'il a élevé les mains vers le ciel, la grâce est descendue, l'enfant se lève guéri.

« Ne pleurez plus, pauvre père, celui qui

vous avait demandé de l'accompagner par charité, vous a non seulement guéri, mais il a sauvé votre enfant, afin que vous n'oubliez jamais qu'un verre d'eau froide donné au nom de Dieu, un acte de charité accompli pour son amour, ne restent pas sans récompense (1). »

(1) P. Christophe d'Arta, id. — *Chroniques de saint François*, chap. viii.

CHAPITRE VII

PERFECTION DU JEUNE PROFÈS

Pénitence et charité. — Humble charité. — Amour
des injures. — Le poisson de l'obéissance. —
Conversion de Martin Crespo. — Ravissement
à la cuisine.

Nous avons dit dans le chapitre précédent,
combien était rigoureuse la vie des
jeunes profès du couvent de Lorette. Durant
huit ans ils étaient considérés comme novices, avec les mêmes exercices et pénitences.
Frère Pascal enchérissait encore sur cette
austérité générale. Il marchait même en quête
tête et pieds nus, bravant ainsi le froid et
l'ardeur du soleil. Non seulement il s'astrei-
gnait aux jeûnes prescrits, mais il les faisait
au pain et à l'eau. Il était l'antipode de ce
Frère *Mouche,* objet des séraphiques reproches de saint FRANÇOIS. Sa besace qu'on se

plaisait à remplir dans la montagne pesait souvent plus de 100 livres. Quand il rentrait, c'était pour prier, se prosterner au pied du Tabernacle.

Pour se remettre de la pénitence et de la lassitude il se couchait peu, et encore sur la terre nue.

Ce pauvre du bon DIEU trouvait le moyen d'aider les pauvres de la terre. Chemin faisant il ramassait des sarments de bois mort et les donnait aux misérables, n'ayant point honte de traverser les villages portant sur son dos cette charge étrange.

Cette humble charité qui étincelait en Pascal, donnait chaque jour un nouveau lustre à sa réputation. Déjà à Loreto comme partout où il alla dans la suite, on regardait comme une grâce de lui parler, de le recevoir.

Chaque foyer l'accueillait comme un ange, souvent comme un sauveur, car notre saint accomplissait de nombreux prodiges. Au couvent on aimait à le voir rentrer de ses quêtes ou de ses courses. Il se présentait d'abord selon l'usage, chez son Supérieur. Dès qu'il touchait la porte de la cellule du Gardien, il se mettait à genoux et c'est en marchant ainsi, que celui qui, enfant, s'était traîné sur les mains pour visiter le très saint Sacrement, se traînait encore animé d'une même foi, aux pieds de celui qui lui représentait Notre Seigneur sur la terre. Lorsqu'il avait requis et obtenu la sainte bénédiction, cerf altéré du Corps et du Sang de JÉSUS-CHRIST, Pascal allait à la chapelle demander à l'Hôte divin du tabernacle de le bénir. C'était pour notre saint l'heure des délices, celle où il s'abandonnait en liberté aux entraînements de l'amour divin (1).

Son esprit surnaturel l'accompagnait encore dans ses rapports avec chaque Religieux. Ange lui-même, il traitait ses Frères

(1) *Chroniques de saint François*, chap. VIII. — *Auréole Séraphique*.

comme s'il eussent été des anges. Leur rendre service était pour lui une gloire et un plaisir. Il bêchait pour le jardinier ; pour le cuisinier, il rangeait la cuisine ; au réfectoire, les Frères n'avaient pas de meilleur auxiliaire ; plus heureux était-il encore d'aider le sacristain, surtout de chanter les louanges de DIEU. Sa joie était alors si extraordinaire que tous les Frères en étaient émerveillés. Ses extases étaient fréquentes surtout quand il était devant le très saint Sacrement. Un jour qu'il avait été ainsi ravi, il s'aperçut en revenant à lui qu'un Frère avait été témoin de la grâce extraordinaire qu'il venait de recevoir.

« Mon Frère, dit-il alors, veuillez bien ne pas vous étonner de ce que vous venez de voir. Je suis un méchant enfant et, DIEU, comme un bon Père, cherche à me conquérir à force de caresses, bien que je n'aie rien mérité (1). »

(1) P. CHRISTOPHE D'ARTA, id.

Un jour il crut devoir avertir par charité quelques personnes. Nous n'aimons guère à être repris de nos défauts. Les séculiers avertis se fâchèrent et répondirent par des injures à la charité du bon Frère. « Hypocrite, s'écrièrent-ils avec indignation, mal élevé que vous êtes : on voit bien que vous avez été élevé parmi les chèvres. »

Ils se trompaient bien s'ils croyaient attrister Pascal. Cette injure lui fut au contraire si agréable que son visage resplendit de joie. Nouveau saint FRANÇOIS il s'agenouilla devant ses injustes correcteurs, leur demandant pardon d'avoir parlé comme un malotru. Les coupables voyant toute la mansuétude de Pascal, rougirent de leur conduite et l'enseignement de l'humilité ne fut pas perdu (1).

Le démon qui ne peut supporter les âmes parfaites ne se contenta pas d'un tel traitement. Il s'est tõujours trouvé quelque

(1) P. CHRISTOPHE D'ARTA, id.

esprit borné, quelque caractère fâcheux pour servir d'organe à sa haine.

Les historiens ne disent pas si ce fut au couvent ou au dehors qu'il persécuta Pascal, mais ils affirment que le saint fut éprouvé par les injures et le mépris.

Maître de la science de la joie parfaite, ce digne Frère Mineur supportait tout avec joie comme venant de la main même de Dieu. Sa douceur était d'autant plus grande qu'on l'injuriait davantage. Ainsi il essayait d'apaiser la colère d'autrui. Bien plus, ne prêtant nulle attention aux mauvais traitements, il se jetait aux pieds de ceux qui l'offensaient, demandant pardon avec une telle humilité que ses opposants se retiraient confus et désarmés par sa douceur et son humble charité.

Dans les noviciats, si grandes que soient les précautions prises pour les admissions, il se glisse toujours quelque esprit difficile qui généralement ne fait que passer pour exercer

la vertu, la patience et la charité des Religieux. Pascal eut sa large part de cette
épreuve. Il fut en charge avec certains Frères
qui le traitaient de désordonné, d'impru-
dent. Un d'eux plus irrité que les autres, alla
même jusqu'à dire : « Cet Aragonais est
indomptable, il ne cherche qu'à gouverner
son monde. »

Pascal l'écouta avec allégresse et sans le
moindre trouble tant il estimait l'épreuve.

Toutefois, et ce fut sans doute par lui
qu'on le sut, sa nature était très violente, et
pour se mâter, il avait été obligé de lutter
avec la générosité des saints.

La soumission à la volonté de DIEU était
la source de sa patience. Convaincu que
DIEU fait tout pour notre plus grand bien,
il s'était habitué dès l'enfance à accepter,
comme venant de sa divine main, toutes les
circonstances de sa vie.

L'obéissance est aussi une des formes de
cette soumission à la volonté de DIEU. L'âme

Allez au devant de ceux qui ont soif
et porter leur de l'eau.

(Isaï, 21, 14.)

religieuse qui est véritablement animée de l'esprit de foi voit son Père céleste lui-même en la personne du Supérieur qui le représente. Pascal était un de ces obéissants. Il aurait pu dire comme un religieux que nous avons connu : « Quand je suis privé du très saint Sacrement, DIEU me fait la grâce de voir la présence sensible de JÉSUS-CHRIST en la personne de mon Supérieur. »

Cette union de sa volonté à la volonté de l'obéissance allait si loin chez Pascal ,que DIEU lui fit la grâce de ne penser jamais autrement que ses Supérieurs. Dès qu'il connaissait leurs désirs, il s'y soumettait avec une joie et une grâce extraordinaires. Il était même alors revêtu d'une force divine ; aussi à Loreto comme ailleurs, il disait à ses Supérieurs qu'il était inutile de lui donner un Frère pour l'aider dans ses charges, l'obéissance le soutenant et décuplant ses forces.

Sa dévotion bien réglée ne le laissait pas tomber dans l'erreur. Il savait que l'obéis-

sance doit passer avant le sacrifice. Nous
avons dit qu'il jeûnait au pain et à l'eau. Le
Supérieur autorisait sa mortification. Voulant voir cependant s'il saurait renoncer par
obéissance à sa pieuse habitude, il lui envoya
du poisson en lui enjoignant de le manger.
Pascal prit le plat qu'on lui avait destiné et
mangea avec goût et appétit le mets qui lui
venait de l'obéissance. Le réfectorier qui
avait été chargé par le Gardien de servir le
poisson à Pascal lui marqua plus tard son
étonnement :

« Frère Pascal, vous qui jeûnez au pain
et à l'eau, comment avez-vous pu vous
décider à vous nourrir de ce bon poisson ? »

L'aimable saint leva sur lui son regard
illuminé par le Saint-Esprit.

« Frère, lui dit-il, sachez-le bien, l'obéissance passe avant la dévotion (1). »

Celui qui savait si bien obéir et pardonner

----

(1) P. Christophe d'Arta, id. — *Auréole Sé-*
raphique.

les injures, sut parfois imposer sa volonté à moins parfait que lui.

Il y avait à Montfort un seigneur nommé Martin Crespo, dont le frère avait été tué par trahison. Furieux, il jura de se venger. Non seulement il voulait tuer ses ennemis, mais encore s'en prendre à leurs familles, à leurs biens. Des personnes notables instruites des désirs vindicatifs de Martin Crespo, allèrent le trouver, le conjurant de se montrer bon chrétien et, à l'exemple du Sauveur, de pardonner l'offense. Des religieux, des chevaliers vinrent tour à tour lui tenir le même langage. Sa mère et son frère aîné irrités aussi se laissèrent fléchir et pardonnèrent. Quant à Martin, tout fut inutile, il demeura intraitable et n'avait qu'une réponse : « Je me vengerai. »

On arriva au Vendredi saint. Sans doute on faisait à Loreto ces antiques cérémonies, représentations plus ou moins complètes de la Passion de Notre Seigneur. On en était

arrivé au moment où notre Sauveur est
descendu de la croix, soudain les prêtres et
des religieux du couvent de Loreto se réunis-
sent. Ils vont chercher Martin dans sa maison, puis le conduisent presque de force à
l'église du Précieux Sang où les représentations de la Passion étaient moins avancées,
espérant qu'entendues dans le lieu saint leurs
paroles seront plus efficaces. De fait, ils disent
à Martin tout ce qu'ils pensent pouvoir le
toucher. Sans doute ils avaient attendu
cet anniversaire de la mort de Notre Seigneur, croyant que le souvenir de la Passion
et du crucifiement amollirait le cœur de
Martin.

Il n'en fut rien, la parole des pacifica-
teurs resta vaine. On voyait même la haine
s'accroître dans le cœur du seigneur Crespo.
Tout d'un coup, Pascal s'avance, il saisit
la main de Martin, l'emmène à l'écart, lui
parle longuement. Il termine par ces paroles : « Mon frère, pardonne pour l'amour

de DIEU; n'as-tu pas vu la Passion de JÉSUS-CHRIST ? »

Martin est attendri. La parole de l'humble Frère a été plus puissante que celle des grands de la terre. Il se souvient maintenant que c'est pour lui que JÉSUS est mort et que pour ses fautes aussi cette parole s'est fait entendre : « Pardonnez-leur, ils ne savent ce qu'ils font. » Ému, il s'écrie à haute voix : « Frère, je vous l'affirme, je ne puis vous résister. Mon Frère, pour l'amour de DIEU, je pardonne à l'assassin de mon frère. » On écrivit aussitôt un acte de pardon, Martin le signa. Mais le miracle le plus extraordinaire peut-être, fut que la haine disparut entièrement de son cœur.

Plus tard, ayant eu une occasion naturelle de se venger, il n'en eut même pas le désir et il dit alors :

« J'attribue le sentiment de miséricorde qui m'anime aux prières de Frère Pascal. » Faut-il ajouter que les vieux historiens font ici une remarque tant soit peu malicieuse.

Les gens de qualité, écrivent-ils, furent
très satisfaits de la bonne réussite obtenue
au sujet de Martin Crespo; mais un peu
confus du moyen que DIEU avait employé,
ils enviaient l'influence de Pascal (1).

Ayant ainsi esquissé à grands traits ce que
fut la vie de Pascal au couvent de Loreto
durant huit ans de formation qu'il dut y
passer, nous ajouterons en terminant que là,
comme partout, le très saint Sacrement était
l'objet de ses délices.

Rien ne le reposait comme une station
au pied du Tabernacle. A la suite du repas,
la communauté avait l'usage de se récréer
religieusement. Pascal avait obtenu du Supérieur d'aller passer ce temps à l'église. Il
arriva qu'en un jour de grand froid, le Gardien, rempli de sollicitude paternelle pour sa
communauté, lui fit passer la récréation à

(1) P. CHRISTOPHE D'ARTA, id.

la cuisine et voulant que Pascal comme les autres se réchauffât un peu, il lui dit :

« Frère Pascal, pour aujourd'hui vous resterez avec nous. »

L'humble Pascal se soumit. Mais ce Pain des anges qui était venu le visiter lorsqu'il était pâtre dans la montagne, l'appela avec une telle force au saint Tabernacle qu'il ne savait comment résister à l'impulsion divine. Ne pouvant se contenir, il se lève, marche. Peine inutile ! ses gémissements, ses soupirs éclatent, bien plus il s'élance comme une flè-che vers l'objet de son amour. Deux Reli-gieux veulent s'opposer à cette attraction toute-puissante, ils sont trop faibles. Le Gar-dien vit là un nouveau moyen d'éprouver l'héroïque vertu de Pascal. Se tournant vers le saint il lui dit simplement :

« Frère Pascal, restez tranquille. »

Le bien-aimé du très saint Sacrement obéit et instantanément il tombe par terre, mais insensible et comme privé de vie. Trois ou quatre Religieux durent porter à sa cellule celui qui pouvait dire en vérité :

« Ce n'est plus moi qui vis, c'est Jésus-Christ qui vit en moi (1). »

(1) *Chroniques de saint François*, chap. xxiv.

CHAPITRE VIII

XATIBA ET VALENCE

Chronologie de la vie de Pascal. — Le modèle
des Frères quêteurs. — Épreuve des louanges.
— Le Gardien de Valence. — La tunique sé-
chée. — Le vase et la fiole brisés. — Abandon
à l'obéissance.

L ES anciens historiens tenaient peu à la
chronologie et les antiques vies de saint
Pascal ne nous donnent pas à ce sujet tous
les détails que nous pouvons désirer. Cependant en étudiant à fond les vieux auteurs on
arrive à des dates à peu près certaines. Il
n'est pas douteux par exemple que le saint
soit né en 1740, ait prit l'habit en 1564 et
fait ses vœux le 2 février 1565.

De plus, comme la règle obligeait à passer
huit ans en formation au couvent de Lorette, qu'il a dû aller en France en 1576, à

Xérez en 1575, on arrive à savoir d'une manière certaine que son premier séjour à
Xatiba et Valence a eu lieu de 1573 à 1576.
Celui de Xatiba dut être court. Les auteurs
racontent peu de faits au sujet de ce couvent.
Il y remplit l'office de quêteur et son compagnon déposa ce qui suit :

« L'édification que me causa Fr. Pascal
lorsque nous arpentions le territoire de
Xatiba est demeurée ineffaçable en mon
âme. Tout le long de la route, Pascal me
parlait de DIEU d'une façon si efficace que
son amour divin devenait en quelque sorte
mon amour. La dévotion au très saint Sacrement et à la sainte Vierge étaient ses
marques distinctives. Souvent il me faisait
réciter l'office de la très sainte Vierge, ou
bien nous arrêtant sous un arbre, nous disions
la station du très saint Sacrement. Si nous
entrions dans une paroisse possédant la
sainte Réserve, mon saint compagnon com-
mençait par se rendre à l'église. Après avoir

déposé au pied du Tabernacle le tribut de son adoration et de sa tendresse, il se présentait chez le Curé et lui demandait humblement la permission de quêter dans sa paroisse. La quête terminée nous nous remettions en route. Tout en cheminant dans la campagne, nous mangions quelques morceaux de pain venus de l'aumône. Jamais Pascal n'acceptait de prendre quelque chose dans une maison séculière. Les invitations ne manquaient pas pourtant. On l'aimait, on le pressait souvent de se mettre à table, mais il n'acceptait jamais (1). »

On a pu le voir déjà dans le cours de cette vie, notre saint avait évidemment une volonté ferme et arrêtée. Il prenait ses résolutions en face de son Dieu; ainsi basées elles étaient inébranlables. Les Supérieurs voyant ce Religieux si merveilleusement formé à Notre-Dame de Lorette, ne se sentaient plus portés

_____

(1) Christophe d'Arta, id. — *Chroniques de saint François*, chap. viii.

à le soumettre aux épreuves des commençants, les Frères le respectaient et alors même que Pascal n'était pas premier en charge, on ne lui faisait guère sentir l'autorité. Plein d'admiration pour sa vertu, on ne songeait pas à lui imposer ces offices bas qui avaient fait ses délices pendant les années de sa probation. Le bon Frère ne tarda pas à s'en plaindre.

« Pourquoi me privez-vous du mérite de m'abaisser ? » disait-il. Pour mettre fin à sa tristesse, il s'arrangea si bien qu'il accomplit les offices les plus humiliants avant même qu'on ne pût s'en apercevoir (1).

En toutes occasions il enviait les pratiques et les épreuves des jeunes Religieux. La nuit il se rendait au chœur au moment où les jeunes profès prenaient la bénédiction de leur Père Maître et la discipline ; notre bon saint se glissait parmi eux, se flagellait et

_____

(1) *Chroniques de saint François*, chap. XXII.

écoutait les admonestations comme si elles étaient faites pour lui seul. Si quelque membre de la communauté laissait échapper quelque parole trahissant l'édification qu'il répandait, Pascal se montrait désolé. Tout au contraire si on l'accusait, il acceptait sans mot dire, n'ayant jamais une parole pour s'excuser. Afin d'étendre le bien que sa seule vue faisait aux âmes, on lui donna la présidence des autres Frères. Il chercha de toutes façons à échapper à cet honneur et il ne profita de sa charge que pour fuir les prééminences. Jamais il ne se troublait si ce n'est en entendant quelque éloge à son adresse. Il avait si basse opinion de lui-même qu'il disait souvent : « Je suis le plus grand des pécheurs. Je n'ai de religieux que l'habit. »

Pour expier cet état imaginaire, il faisait au réfectoire de sévères pénitences et se traitait en toutes occasions comme le dernier de tous (1).

(1) P. Christophe d'Arta, id.

Pascal, passionné pour l'humilité, dut se trouver trop bien à Xatiba. Fit-il quelque ouverture à Fr. Pierre de Sena, son Provincial, qui avait pénétré ses voies spéciales et sa haute vertu, ou bien s'adressa-t-il seulement à Jésus-Eucharistie, maître en humilité? Toujours est-il qu'il fut envoyé au couvent de Saint-Jean-Baptiste à Valence.

Là, disent les chroniqueurs, de même que les médailles brillent d'autant plus qu'elles sont rudement frottées, la vertu du saint éclata dans sa patience.

Le Gardien de Valence était un Religieux âgé, austère parfois jusqu'au scrupule. Se défiait-il des voies extraordinaires ou avait-il reçu la direction d'éprouver le Frère? Toujours est il que soudain, au réfectoire, il ordonna à Pascal de faire *sa coulpe*. Celui-ci obéit, il s'accusa le mieux qu'il put et avec une grande humilité. Toutefois il ne pouvait pas mentir et proclamer des fautes graves qu'il n'avait point commises. Tout ce qu'il

avait à dire, c'est qu'il avait mis une tunique
à sécher sous le cloître pour ne pas l'exposer
au soleil.

Pourtant le Supérieur se montra mécon-
tent. « Hypocrite, s'écria-t-il ; quelle est
cette coulpe ? Et cherchez-vous à tromper le
monde ? Croyez-vous avoir déjà gagné votre
trésor ? Prenez garde, vous le croyez d'or
et au moment où vous n'y penserez pas,
vous le trouverez de cuivre et même de
terre. »

La communauté était stupéfaite. La faute
du saint ne lui paraissait pas bien grave ;
faire sécher une tunique sous un cloître ne
méritait pas semblable admonestation. Quant
à Pascal, les yeux baissés, le corps incliné,
il avait la figure remplie d'une joie céleste,
bien plus profonde que s'il eût reçu les plus
grands honneurs. « Tous les Frères, dit son
historien, ressentaient une grande douleur
de voir qu'en présence de toute la communauté on traitait si mal un Religieux si par-

fait, et cela seulement parce qu'il avait mis
une tunique à sécher dans le cloître. » Il est
certain que la pensée du Gardien était d'aider Pascal à tresser sa couronne de patience.
La répréhension finie, Fr. Pascal se leva,
s'agenouilla devant le Gardien et lui baisa les
pieds en signe de gratitude. Tout aussitôt
on sonne à la porte et sa charge de portier
l'oblige à quitter le réfectoire. Il fut retenu
assez longtemps. Fr. Jean, homme très prudent, crut que le Fr. Pascal succombait sous
le poids de la tribulation et qu'il tardait
afin d'avoir le temps de se remettre. Il alla
donc trouver le saint et lui dit :

« Pascal, courage, prenez patience. »

Pascal lui répondit avec une gravité céleste :

« Jean, mon Frère, pourquoi en ce moment me souhaitez-vous la patience ?

Celui-ci répondit : « Mais à cause de la
réprimande et des paroles acerbes dont le
Père Gardien a usé pour vous la faire.

— Frère, répondit le saint avec une merveilleuse humilité, sachez que c'est le Saint-Esprit qui a parlé par la bouche du P. Gardien (1). »

Un jour, Pascal cassa un petit vase de terre. On ne l'avait pas vu, mais s'il était affligé d'avoir manqué à la sainte pauvreté en occasionnant cette petite perte à la communauté, il était trop heureux d'avoir cette occasion de s'humilier. Il attacha donc autour de son cou les fragments du vase. Orné de ce collier des pauvres et des humbles, il parut au réfectoire et fit le tour des tables pour demander pardon et pénitence. Le Gardien lui fit des reproches tellement exagérés que la pauvre communauté en était toute morfondue.

En sortant du réfectoire, Pascal bien plus reconnaissant envers son Gardien que s'il

(1) P. CHRISTOPHE D'ARTA, id. — *Chroniques de saint François*, chap. XXII.

lui avait dit des douceurs, sentit le besoin de lui baiser les pieds. Un Religieux qui l'aimait, crut qu'il avait eu quelque lutte intérieure à soutenir et qu'il avait voulu se vaincre par cet acte d'humilité. Il exhorta donc le bon Frère à accepter avec patience l'admonestation qu'il venait de recevoir. Pascal l'interrompit d'un air joyeux :

« Ne me croyez pas triste, dit-il, non seulement les paroles de mon Gardien ne m'ont pas fait de peine, mais cela m'a tellement réjoui que je voudrais que Dieu lui donnât chaque jour la pensée de me procurer des consolations du même genre (1). »

Le ciel exauça Pascal. Le Gardien se faisait de plus en plus rude.

Peu après, le saint dut prendre la discipline au réfectoire et recevoir une correction non moins terrible et non moins imméritée,

(1) *Auréole Séraphique.* — P. Christophe d'Arta, id.

du sévère Supérieur. Il accepta le tout avec la même douceur et une sainte joie. Toutefois on put penser que le Gardien avait tranché dans le vif, car le repas fini, on aperçut Pascal qui, une fois sorti du réfectoire, regardait fixement au-dessus de la porte, une image de la très sainte Vierge. Tous devinèrent qu'il offrait son sacrifice à sa divine Mère et qu'il était heureux de lui témoigner par là son amour (1).

Peu après, il arriva qu'au réfectoire encore une petite fiole se brisa dans les mains de Pascal qui fit immédiatement pénitence de ce manquement involontaire à la sainte pauvreté et fut réprimandé plus durement que jamais par son Gardien. Quittant ensuite le réfectoire il y reparut bientôt portant au cou les débris de la petite bouteille liés par une ficelle. Il vint alors se prosterner aux pieds de son Supérieur qui lui posa la main

(1) P. Christophe d'Arta, id.

sur la tête d'une manière particulière, en même temps il adressait aux autres Frères quelques courtes paroles semblant dire qu'il se demandait lui-même comment il avait pu traiter Pascal si durement. Un Religieux chercha plus tard à consoler le saint en lui disant :

« Notre Père Supérieur n'avait pas de raison de vous reprendre avec tant de sévérité pour si peu de chose. »

Mais Pascal répondit selon son habitude :

« Frère, de grâce, ne parlez pas ainsi, car je crois vraiment que le Saint-Esprit a parlé par sa bouche (1). »

Comme portier, Pascal était chargé de distribuer les aumônes. Les Frères Mineurs, ces pauvres du bon Dieu, se privent souvent sur leur propre part, transmettant par la mortification, l'aumône qu'ils ont demandée et reçue. L'économe du monastère, aussi sé-

(1) *Chroniques de saint François,* chap. XXII.

vère que son Gardien, dit à Pascal qu'il distribuait très mal les secours, le bien de DIEU
qu'on recueillait avec tant de peine. Pascal
n'eut garde d'ouvrir la bouche pour s'excuser, tant était grande son humilité, dit la
vieille vie du saint, que son intelligence, sa
raison se soumettaient.

« L'humilité est le vrai chemin de la sainteté, disait-il, c'est pourquoi il nous faut
désirer et non refuser de marcher dans son
chemin qui est l'humiliation et la répréhension (1). »

Pascal joignait au couvent de Ribeira la
charge de la dépense à celle de la porterie.
C'était pour lui une grande fatigue, car le
couvent était vaste. Fr. Pierre de Sena, le
Provincial à qui Pascal était cher, craignit
que le fardeau ne fût trop lourd. Il dit donc
à Pascal :

« Il me semble qu'à Valence vous avez

(1) *Chroniques de saint François*, chap. XXII.

peines et fatigues, ne désirez-vous point changer de couvent ? »

Le saint lui répondit :

« Mon Père, ne me demandez jamais mon avis sur un changement qui me concerne, je suis dans les mains de l'obéissance. Que votre Charité fasse selon son vouloir, qu'elle me laisse en charge à la dépense ou qu'elle me l'enlève à son gré. Quand même la porterie me dérangerait encore de cet office, puisque j'y vais par obéissance, DIEU m'aidera. »

Le Provincial demeura profondément édifié de l'esprit de foi qui animait son inférieur. Mais ayant poursuivi sa visite, il apprit par les autres Religieux à quel degré le Père Gardien était dur pour Pascal. Il en fut attristé et revenant sur la question du changement, il insista près du saint en lui disant :

« Vraiment, Frère Pascal, je crois que vous feriez bien en demandant de quitter Valence, vous ne devez pas y être content. »

Tout en restant prudent, le P. Provincial fit cette proposition de manière à ce que Pascal pût comprendre qu'il faisait allusion à la sévérité du P. Gardien. Ayant donc saisi cette intention, le saint reprit :

« Non, mon Révérend Père, je ne demanderai rien. Je n'ai jamais approuvé qu'on fît de telles demandes. J'ai au contraire expérimenté qu'il nous est utile de nous abandonner entre les mains des Supérieurs. Après un Gardien peu accommodant, la divine Providence en envoie à propos un autre. Mais quand nous voulons choisir, nous tombons de mal en pis pour le malheur de notre âme (1). »

Il demeura donc portier à Valence. Sa charge le mettait en rapport avec les habitants de la ville et sa vertu y était connue comme au couvent.

Or, il arriva qu'un seigneur de la cité,

---

(1) *Auréole Séraphique.*

nommé Jérôme Dejan, fut saisi d'un mal
étrange et terrible. Telle était son humeur
noire qu'il ne parlait plus, refusait de remplir ses devoirs de chrétien, ne pouvait supporter la lumière. En un mot il se conduisait
comme un fou. Les médecins et les prêtres
ne pouvaient s'expliquer un tel mal. Les
remèdes échouèrent aussi bien que les exor·
cismes.

Le bon ange de Jérôme amena dans sa
maison Fr. Martin Navarro. La cousine du
seigneur Dejan raconta au bon Frère dans
quel état était tombé son parent et le désespoir de toute la famille. Fr. Martin répondit :

« Je ne vois qu'un moyen ; conduisons
le malade à notre Fr. Pascal. C'est un saint
devant Dieu et devant les hommes. Je serais
bien surpris si nous n'obtenions pas par lui
quelque secours. »

La dame espagnole très affectionnée à son
cousin, se rendit donc le lendemain au couvent avec le malheureux Jérôme.

Pascal appelé les reçut avec la plus grande charité.

« Laissez-moi, dit-il à la dame, conduire au jardin ce pauvre malade. »

La cousine y consent et Pascal disparaît avec l'infortuné seigneur. Arrivé dans l'enclos du couvent, il parle au maniaque. Que dit-il ? Quels moyens employa le serviteur de Dieu ? Nul ne le sait. Toujours est-il qu'il reparut à la porterie tenant par la main Jérôme complètement guéri d'un mal terrible qui le rendait insensé depuis trois ans (1).

La foi avait sauvé cette pauvre famille. Grande fut l'édification de la ville et des Frères Mineurs.

A Valence comme ailleurs, Fr. Pascal passait en faisant le bien.

(1) P. Christophe d'Arta, id.

CHAPITRE IX

UN NOUVEAU RAPHAEL ET UN NOUVEAU TOBIE

Jean Ximénez. — Le voyage. — La voie du ciel.
— Menace de la prison. — Compassion pour
un gentilhomme. — Une chute. — Humilité
d'un Supérieur.

IVERS historiens placent le voyage de
saint Pascal à Xérez après celui qu'il fit
en France. Il nous semble que l'opinion contraire doit être adoptée. En effet, on s'accorde
généralement à fixer le courageux passage du
saint au milieu des huguenots en l'année
1576 (1) et les chroniques de saint FRANÇOIS
disent formellement que Pascal fut envoyé
à Xérez en 1575 (2).

---

(1) *Auréole Séraphique.* — P. CHRISTOPHE
D'ARTA, id.
(2) *Chroniques de saint François,* chap. IX.

Le P. Custode de la Province s'était rendu à cette époque à Xérez, sa patrie, pour y traiter diverses affaires, le P. Commissaire devait lui envoyer certaines lettres graves. Devant choisir un bon messager, il jeta de suite les yeux sur Fr. Baylon, persuadé que le P. Custode, qui était alors le P. François Ximénez, serait particulièrement heureux de revoir le saint Religieux.

C'était un voyage long et fatigant : plus de trois cents milles séparaient Xérez de la ville de Valence. Pascal les parcourut selon son habitude, se reposant sur la divine Providence du soin de sa nourriture, vivant comme ces oiseaux des champs qui ne sèment ni ne récoltent, mais que la main de Dieu nourrit.

Grande fut l'allégresse du P. Ximénez en voyant le saint et en recevant les nouvelles de sa Province. Il se hâta d'en faire part aux Religieux de Xérez et se plut à dévoiler à leurs yeux la haute sainteté du

cher messager. Tous ceux qui l'approchèrent et parlèrent avec Pascal demeurèrent
convaincus que le P. Custode n'avait rien
exagéré.

Quant à Pascal, insouciant de l'attention
qui se portait sur lui, il se plongeait avec
délices dans l'humilité. Ne faisant pas partie
de la famille du couvent de Xérez, il n'avait
point au chœur de place fixe. Un jour, à
l'heure de Tierce, peu avant la messe, il se
rendit à la chapelle pour assister à l'office,
et s'étant signé dévotement avec l'eau bénite,
il s'agenouilla à terre dans un coin près de
la porte, joignit les mains et demeura là
immobile et absorbé en DIEU pendant assez
longtemps, jusqu'à ce qu'un Religieux s'apercevant de sa présence vint le chercher.

Ce fut là que pour la première fois notre
bienheureux vit Jean Ximénez, qui devait
être plus tard Provincial et Religieux de
haute vertu. Il était neveu du Custode. Le
jeune Espagnol, qui était encore dans le

monde, contempla avec attendrissement cet homme à l'aspect humble et recueilli dont le misérable vêtement attestait la haute pauvreté. Dieu parla à son cœur, et lui fit entendre un premier appel.

Après l'office Pascal se rendit précisément dans la famille de son Custode pour la saluer. Il s'y présenta avec son incomparable modestie, répondant aux uns et aux autres avec une douceur, une prudence et un si grand désir du salut des âmes, que tous demeuraient profondément édifiés. Le petit Jean, âgé de quatorze ans, se trouvait là, ne cessant de contempler le saint pour lequel il ressentait une vive tendresse.

A la fin de la visite, il vint à lui, et lui dit à voix basse : « Mon Frère, bien que je sois choyé et gâté dans la maison de mon seigneur père, bien que Madame ma mère ait soin de moi comme de la prunelle de ses yeux, je sens que volontiers je renoncerais à tout pour vous suivre. »

Ces paroles comblèrent de joie notre saint Mineur. Dès la première rencontre, il aima le jeune enfant d'une tendresse spéciale qu'il lui témoigna maintes fois dans la suite. Toutefois Pascal était prudent.

« Dieu vous soit en aide, répondit-il à l'adolescent. Nous parlerons de votre désir à votre oncle ; et Notre-Dame aidant, vous serez un jour Frère Mineur. »

La confiance que Pascal avait su inspirer à la famille Ximénez était telle que le P. Custode, heureux de la vocation de son neveu, n'eut pas grande difficulté à persuader à la Señora Ximénez de le confier à Pascal. Cependant comme Jean par ses brillantes qualités était l'espoir des siens, il fut convenu que pour ne pas susciter d'opposition, on ne parlerait pas de son départ qui se ferait à nuit close.

L'héroïque mère consomma courageusement son sacrifice, elle ne laissa personne pénétrer le secret de sa douleur, et à la nuit tombante, se rendit au couvent faire ses adieux à son cher Jean. Les yeux baignés de larmes, elle recommanda ce nouveau Tobie à celui qui devait être pour lui un guide aussi sûr que l'ange Raphaël. Pascal lui promit de veiller sur son fils avec une tendresse maternelle, et les deux voyageurs s'éloignèrent dans la nuit.

La Señora Ximénez craignant pour son fils la fatigue d'une longue route, lui avait procuré une mule et avait glissé dans les sacoches que portait l'animal, d'abondantes provisions.

Dès les premiers jours, Jean fut émerveillé de l'austère pauvreté de son compagnon. Jamais il ne put le décider à partager les repas que lui avait fournis la prévoyance maternelle.

Lorsqu'ils s'arrêtaient dans quelque couvent ou village, Pascal loin de se reposer, s'en allait de porte en porte demandant l'aumône pour sa misérable subsistance. Le pre-

mier morceau de pain qu'il recevait lui suffisait et il ne demandait rien autre.

Cette austère tempérance dura tout le
voyage. Si bien que les provisions de Jean
Ximénez étant trop considérables, commen-
cèrent à se gâter. Un jour, le jeune voyageur
s'apercevant qu'un morceau de viande répandait une odeur insupportable, le jeta loin de
lui.

Quelle ne fut pas sa surprise de voir Pascal ramasser avec soin le mets repoussant et
s'en nourrir.

« Je fus d'autant plus étonné, raconta plus
tard le P. Ximénez, que je ne pouvais comprendre qu'on pût même supporter l'odeur
de ce morceau, et pour moi il m'était impossible de le voir (1). »

Pendant que Jean s'en allait doucement,
au pas de sa mule andalouse, le serviteur de
Dieu se tenait à l'écart s'entrenant avec son

(1) *Chroniques de saint François*, chap. IX.
— P. Christophe d'Arta, id.

divin Maître. Son petit compagnon craignit qu'il ne fut fatigué, lui offrit maintes fois de partager sa monture, mais il ne put vraincre la résistance du Frère Mineur.

Profondément édifié, le pauvre Ximénez ne voulait rien perdre des précieux exemples qu'il recevait. Il usa même parfois de ruse pour surprendre le saint.

Les routes d'Espagne étaient alors très dépourvues d'hôtelleries. Il arriva bien souvent que les deux voyageurs durent coucher à la belle étoile ; la saison chaude le permettait du reste. Mais afin que Jean n'en ressentît aucune incommodité, le saint avait soin de le bien installer et de le couvrir, puis, quand il le croyait endormi, il s'agenouillait à l'écart, les mains jointes et élevées ou les bras en croix et, se plongeant dans une ardente prière, il cherchait en Dieu seul le repos de son corps épuisé (1).

(1) *Chroniques de saint François*, chap. IX.

L'ardent amour du saint, entretenu par
une si parfaite union avec DIEU, transpirait
dans les discours qu'il tenait parfois à son
compagnon. Ceux qui les rencontraient, entendant les paroles pleines de feu et de suavité du saint, faisaient route avec lui, sans
s'apercevoir ni de la fuite des heures, ni de
la fatigue d'une marche rapide, car la mule
de Jean allait d'un bon pas. Ainsi le serviteur de DIEU répandait sur sa route la se-
mence de l'amour céleste dont il était consumé.

La chaleur obligeait souvent à voyager de
nuit. Dans une de ces occasions, Jean et
Pascal rencontrèrent un seigneur qui se
joignit à eux attiré par les discours angéli-
ques de Pascal. Le nouveau venu raconta au
saint comment l'intercession de MARIE l'avait
miraculeusement protégé contre un assaut
de brigands qui voulaient le dévaliser. Pascal qui en toutes choses pénétrait de suite
le côté spirituel, se mit alors à parler de la

justice de Dieu avec une telle chaleur, une telle profondeur de pensées, que tous ses compagnons restèrent étonnés.

Mais plus que tout autre le jeune Ximénez fut terrifié, il lui semblait que Dieu allait le réduire en poudre pour le punir de son peu de dévotion. Sous cette vive impression, il prit une ferme résolution de changer de vie et de chercher la perfection. Pascal devina sans doute le trouble de l'âme de son compagnon ; il l'instruisit avec bonté, lui parlant de l'oraison et des moyens que Dieu nous offre pour arriver à lui. Tout à l'heure, le saint avait semblé être l'ange terrible des vengeances divines, à présent son cœur s'exhalait en séraphiques accents de douceur et d'amour.

Jean sentit son âme se briser dans la componction et le désir du bien. Il s'approcha humblement de Pascal et lui dit : « Mon Frère, je vous supplie de m'apprendre la voie du ciel. »

L'humble Pascal ne voulait point se poser
en maître. Il répondit simplement : « A
Grenade, nous trouverons le moyen de nous
procurer un livre composé par un Frère de
l'Ordre des Prêcheurs, le P. Louis de Grenade. Je suis persuadé que vous retirerez de
la lecture de cet ouvrage un merveilleux
profit (1). »

En effet cette lecture aida puissamment
le jeune homme à conduire à bien l'œuvre
de sanctification que les exemples et les
paroles du saint avaient commencée.

Un des bienfaits que produisit dans l'âme
de Jean son intimité avec Pascal fut un sincère amour pour la pauvreté. Il abandonna
sa mule et chemina humblement aux côtés
de Pascal. Le ciel allait venir en aide aux
ferventes résolutions du jeune postulant, en
lui faisant partager quelques-unes des épreuves où la patience de Pascal devait resplen-
dir.

(1) *Chroniques de saint François*, chap. x.

Les deux voyageurs quittaient le couvent de Grenade où ils avaient reçu l'hospitalité, ils traversait une des rues de la cité lorsqu'ils rencontrèrent le Bargello, accompagné d'une troupe d'hommes d'armes. Ce Bargello devait être un homme dur et méprisant. Il aperçut Pascal vêtu d'un misérable habit et donna ordre de l'arrêter. « Ce vagabond, dit-il avec colère, ne mérite que d'être enfermé dans un cachot et non de parcourir en liberté les rues de notre cité. »

Sans se troubler ni chercher à se justifier, le bon Pascal accueillit par un sourire les sbires qui voulaient mettre la main sur lui. Jean n'eut point autant de patience, il ne put supporter d'être séparé de son Père vénéré, et bien qu'il craignit de mécontenter son ami, il dit avec indignation au Bargello :

« Ne voyez-vous pas que vous allez faire arrêter un Frère Mineur, un Religieux ? »

Le seigneur ne voulait pas encore se lais-

ser convaincre. Il fallut lui montrer l'obé-
dience que Pascal portait sur lui. L'évidence
était certaine, mais la pauvre apparence du
saint éveillait encore des doutes dans l'esprit
du Bargello ; cependant il laissa les deux
voyageurs continuer leur route (1).

Tant de souffrances et de difficultés éprouvèrent la santé du bienheureux qui fut saisi
de vomissements violents. Mais implacable
pour lui-même, il ne voulut pas s'arrêter ni
se séparer de son bien-aimé Jean Ximénez.

Avec patience il se remit en chemin, et
Dieu lui fournit bientôt l'occasion de pratiquer sa vertu tant chérie de la charité.

En effet, il ne tarda pas à rencontrer un
jeune gentilhomme dans l'état le plus misérable. Ayant perdu ses richesses et ses serviteurs, le pauvre enfant était réduit à faire
la route à pied et à demander l'aumône.
Tous ne le recevaient pas bien. Un berger,

(1) *Chroniques de saint François*, chap. x.

méchant et colère, avait même lancé ses
chiens sur lui, se plaisant à les voir mettre
en morceaux le vêtement déjà bien usé de
l'infortuné cavalier, en lui faisant sentir
leurs crocs acérés.

Dans cet état misérable, couvert de
haillons et plongé dans la plus affreuse
désolation, le jeune gentilhomme rencontre
notre saint. DIEU ne pouvait lui envoyer
secours plus efficace ni consolateur plus
persuasif.

Pascal, dès qu'il l'aperçut, courut à lui,
le prit dans ses bras avec une vive affection,
le caressant, essuyant ses larmes et le traitant comme son fils. Il ne voulut pas le
laisser s'éloigner, et se dévoua à quêter lui-
même la nourriture du malheureux cavalier.
Un Père de la Compagnie de Jésus qu'ils
rencontrèrent sur leur route s'unit à Pascal
pour réconforter l'affligé. Tous deux lui per-
suadèrent de retourner chez ses parents, de
se confesser et de communier, car « celui

qui sert fidèlement Dieu aura tout le reste
par surcroît. »

L'obéissant cavalier fit ce qu'on lui recom-
mandait. Dieu le bénit, et le Père Jésuite
fit plus tard savoir à Pascal que leur protégé
vivait en bon chrétien, favorisé des biens de
la fortune (1).

La compassion de Pascal lui était cause
de grandes fatigues. Il ne pouvait surtout
voir souffrir son cher compagnon sans tâcher
de le secourir. Jeune encore, celui-ci ne
savait guère supporter la douleur ni la fatigue, et malgré sa bonne volonté il laissait
échapper quelques plaintes.

Au sortir de Caravaja, le soleil ardent
brûlait la route et rendait la marche très
pénible, pour gagner Calasparra, à quatre
lieues de là. Jean ne tarda pas à souffrir
d'une soif cruelle, et sur la route on ne
trouvait ni source, ni ruisseau, ni habita-

---

(1) *Chroniques de saint François,* chap. x.

tion quelconque où l'on pût obtenir un peu d'eau. Le bon saint s'attristait grandement de ne pouvoir soulager son compagnon. Sans épargner sa fatigue il allait de l'avant, descendant au fond des ravins pour y chercher quelque filet d'eau. Mais inutilement. Pascal ayant trouvé seulement quelques joncs et herbes, il les prit cependant et les rapporta au jeune homme afin qu'il pût en les suçant adoucir sa douleur. Enfin, les voyageurs découvrirent une eau boueuse et torbide qui étancha cependant leur soif dévorante.

Ce ne fut pas le seul inconvénient du voyage.

De Calasparra ils se dirigèrent vers Iumiglia. Ils n'avaient pas fait une lieue qu'ils perdirent la bonne route et s'égarèrent dans un sentier tortueux qui aboutissait à un fossé large, profond et plein d'eau. Il n'y avait d'autre moyen de le traverser que de passer sur quelques planches vermoulues jetées d'un bord à l'autre.

Pascal s'aventura le premier sur ce pont branlant. Son poids suffit à le rompre, il tomba dans l'eau, au grand effroi du jeune Ximénez. La patience du saint ne se démentit point; il sortit du fossé trempé, couvert de fange, et de plus sur la rive opposée à Ximénez. Pascal· dut chercher longtemps malgré sa fatigue le moyen de faire passer Jean sur l'autre bord.

Cet accident avait lassé les deux voyageurs, surtout le plus jeune, aussi lorsqu'il fallut gravir la montagne sur laquelle est bâtie le couvent de Sainte-Anne de Iumiglia, le pauvre enfant, à bout de forces, ne pouvait plus avancer. En vain le saint essayait-il de lui rendre courage, lui disant que le terme de leur route était proche, et que s'il était incapable de marcher il le prendrait volontiers dans ses bras. Il ne réussissait pas à fortifier le jeune Ximénez. Pascal ému de la fatigue de son jeune Frère, voulu alors mettre son bon propos à exécution, bien qu'il fût déjà chargé des deux besaces. La charité décuplait ses forces.

Mais Jean ne voulut jamais consentir à accabler le serviteur de DIEU pour se soulager, et ranimé en quelque sorte au souffle de cette céleste compassion, il reprit courage.

Bientôt le couvent de Sainte-Anne apparut à leurs regards, et tous deux remercièrent DIEU de les avoir conduits jusque là.

En approchant, ils virent un Religieux qui bêchait le jardin. Pascal le reconnut et ne perdit pas une si bonne occasion de donner une leçon d'humilité à son cher Jean.

« Mon petit Frère, lui dit-il, vois ce Religieux qui travaille la terre, et apprends qu'il est Prédicateur et Gardien de ce couvent. »

Jean Ximénez fut émerveillé de voir le Supérieur de Iumiglia employé à de si humbles offices, il le dit au saint qui reprit :

« Ne t'en étonne pas, mon petit Frère, les Supérieurs les plus grands et les plus respectés parmi nous font autre chose que de bêcher. Ils servent même à la porterie, à la cuisine et y lavent la vaisselle (1). »

Cet exemple ne fut pas perdu pour le jeune ami de l'humble Pascal. Devenu Provincial, Lecteur en théologie et Prédicateur renommé, il se plaisait à se confondre parmi les Frères lais. Son maître vénéré lui avait appris à apprécier ces humbles emplois en lui disant par ses exemples plus encore que par ses paroles, que le disciple n'est pas plus grand que le Maître, que Notre Seigneur est venu pour servir et non pour être servi et qu'à sa suite quiconque s'abaisse sera exalté.

(1) *Chroniques de saint François*, chap. IX. — P. CHRISTOPHE D'ARTA. id.

CHAPITRE X

L'AMI DE L'EUCHARISTIE EN FRANCE

Départ de Pascal pour la France. — Rencontre. —
Le triomphe de l'obéissance. — Première per-
sécution. — Courageuse confession de la foi. —
La maison du luthérien. — L'asile du pauvre. —
Nouveaux périls. — Ruse diabolique. — Le guer-
rier.

PASCAL Baylon était un don du ciel pour
l'Espagne. Celui que je me plais à nom-
mer l'Ange de l'Eucharistie était et devait
être la lumière de sa patrie, mais la France,
cette France dont saint FRANÇOIS avait tiré son
nom, devait être privilégiée encore une fois
à côté de la mère-patrie d'un saint séraphique.

Malgré son humilité, sa condition humble de frère lai, Pascal ne devait point rester
toujours dans un couvent d'Espagne. Cette
lumière allumée par la bonté divine au firma-

ment de l'Église ne devait point demeurer sous le boisseau.

C'est vraiment une gloire pour la France que ces grâces sans nombre qui lui furent accordées par saint FRANÇOIS aussi bien pendant sa vie qu'après sa mort. Maintes fois, saint FRANÇOIS avait, nous disent ses vieux historiens, témoigné sa préférence pour la France, patrie probable de sa mère Pica (1). « Il l'aimait, écrivent-ils, à cause de sa spéciale dévotion pour le très saint Sacrement. » Aussi la fit-il visiter par ses fils les plus illustres : saint Antoine, saint Bonaventure, le bienheureux Jean de Parme, saint Jean de Capistran, le vénérable Duns Scot et tant d'autres.

Pascal devait être un des saints qui honorèrent la France de leur visite. Il vint à

---

(1) Voir à ce sujet la note, p. 19, de S. François d'Assise et l'Ordre Séraphique, par L. DE KERVAL.

l'heure dite, y porter l'affermissement de la foi et de l'amour au très saint Sacrement, cause de la sympathie spéciale du Patriarche pour les Français.

Cette dévotion que l'œil séraphique de FRANÇOIS avait admirée au sein de la fille aînée de l'Église, le démon tentait de la détruire, en propageant l'hérésie de Calvin, spécialement dans les régions méridionales. La politique, et les intérêts matériels aidant, la facile morale de l'hérésiarque avait été accueillie d'un grand nombre de seigneurs et s'était propagée parmi le peuple, l'excitant à la vengeance et l'entraînant à la rebellion. Les catholiques ne pouvaient plus sans précautions s'aventurer dans les pays protestants, où nulle loi ne les mettait à l'abri de la vengeance des hérétiques.

Le Général des Frères Mineurs qui était alors un Français, Christophe de Cheffontaines se trouvait à Paris. Le Custode de Valence ayant à lui faire parvenir des docu-

ments de haute importance n'osait les confier à un messager laïque. D'autre part comment exposer un de ses Religieux aux périls
d'un tel voyage. La route d'Espagne à Paris
était infestée par les hugnenots. La prudence
même ne permettait pas qu'on se mît en route.

Ce que la prudence n'autorise pas toujours, les saints, forts de leur amour pour
Dieu, peuvent le faire.

Le Custode dans son trouble et son angoisse recourut à la prière. « Seigneur, disait-
il, ai-je le droit d'envoyer un de mes Frères
à travers ces contrées hérétiques où il trou-
vera vraisemblablement la mort ? »

Dieu ne voulut pas laisser sans réponse la
prière du fils de François, et le Supérieur se
releva, résolu de confier à Pascal cette
mission.

Il le fit appeler aussitôt dans sa cellule.
Pascal averti, se présenta devant son Supérieur avec cet air de modestie et d'admirable obéissance qui rayonnait sur son visage,

puis il attendit humblement les ordres qui
allaient lui être donnés :

« Mon Frère, lui dit le Custode qui connaissait la vertu du bienheureux, l'obéissance
vous demande d'aller en France ; vous vous
rendrez à Paris près du Général de notre
Ordre pour lui remettre des lettres de grande
importance. Vous aurez à traverser des contrées hérétiques, où la persécution est achar-
née ; les catholiques et spécialement les Religieux qui tombent entre les mains de ces
malheureux égarés, sont, je ne veux pas
vous le dissimuler, cruellement maltraités et
souvent mis à mort.

— Mon Père, répondit simplement le bienheureux, je n'ai jamais eu d'autre volonté que
celle de mes Supérieurs. Je suis donc prêt à
vous obéir. Quant aux périls dont vous me
parlez, mon plus grand désir serait de souffrir et de mourir pour mon Seigneur Jésus-
Christ ; mais je n'ose, vu mon indignité,
espérer une si grande faveur. »

Ayant ainsi reçu la bénédiction et l'obé-
dience de son Supérieur, Pascal se releva
tranquillement et se mit aussitôt en route,
nu-pieds, n'emportant, dit son ancien biographe, *que sa foi vive et son pauvre habit* (1).
On ne put jamais lui faire accepter la moindre provision ni même une paire de sandales.

Vrai fils du Pauvre d'Assise, le bienheureux
traversa toute l'Espagne, mendiant le pain
nécessaire à sa subsistance et continuant
malgré la fatigue d'un si long voyage, ses
jeûnes rigoureux et ses rudes mortifications.

Ce fut alors sans doute qu'il rencontra sur
une des routes de sa patrie deux Frères Mineurs de sa Province également en voyage,
et qui agitaient entre eux la question de savoir
si la difficulté de trouver des vivres dans
une marche continuelle, était une raison suffisante pour les dispenser du jeûne. Ils avaient
opté pour la dispense quand le saint les

(1) P. Christophe d'Arta, chap. xvi.

rejoignit. Divinement éclairé par Dieu, il découvrit leurs pensées intimes et les reprit en leur faisant connaître l'illusion du démon.

Pascal les laissa consolés et fervents ; il leur dit comme adieu, en continuant seul et pauvre, sa route périlleuse : « Mes Frères, si vous voulez être saints, observez la Règle. »

Sanctifiés et ravis, les deux Religieux comprirent que la sainteté de Pascal était basée sur le roc immuable de la Règle, et ils continuèrent leur chemin pleins de ferveur et de courage (1).

Le bienheureux atteignit enfin les frontières de l'Espagne et franchit les Pyrénées. Du haut de leurs cîmes élancées, il put contempler les riches plaines du Roussillon et de l'Aquitaine, sièges de l'hérésie et futurs témoins de ses souffrances. Dieu les lui fit-il entrevoir ? En tous cas, le cœur du serviteur de Dieu n'en fut point ébranlé. Fils

(1) *Chroniques de saint François*, chap. xiv. — P. Christophe d'Arta, chap. xxvii.

soumis de l'obéissance, il dirigea ses pas non loin de là, vers un couvent de son Ordre.

On l'accueillit avec joie. Il ne fallut pas longtemps aux Religieux pour deviner quel trésor de sainteté le ciel leur avait envoyé ; aussi leur affection s'émut-elle en apprenant quelle était la mission du bienheureux. Journellement persécutés par les hérétiques, ils savaient que Pascal allait au-devant de la mort. Quelques-uns même assurèrent que cette entreprise était folie :

« L'homme n'a pas le droit de tenter DIEU, dirent-ils à Pascal, vous ne pouvez en conscience continuer votre route. Si votre Custode était ici, il vous ordonnerait certainement de retourner sur vos pas. »

L'âme obéissante de Pascal ne voulait point accepter ce raisonnement. Il était résolu d'accomplir l'ordre reçu, quoi qu'il pût lui en coûter. Son cœur, loin de s'affaiblir, brûlait d'une sainte ardeur en apprenant que l'accomplissement de l'obéissance pouvait le

conduire au martyre. Son désir de mourir
pour JÉSUS-CHRIST lui faisait trouver trop
longues les heures d'attente que la charité
de ses Frères lui imposait.

Il employa le temps de repos qu'il était
contraint de prendre, à gagner à sa sainte
cause la plupart de ses Frères, et s'il eut le
regret de voir quelques Religieux respecta-
bles demeurer dans la crainte, du moins il
eut la consolation de faire comprendre à la
majorité son courage plein de foi, et de ran-
ger à son opinion le plus grand nombre de
ses Frères. Ils conclurent par un raisonnement franciscain :

« Le véritable Franciscain a été comparé
par notre Séraphique Père à un cadavre,
qui n'a plus ni volonté, ni sentiment. DIEU
sera avec Frère Pascal s'il accomplit aveuglé-
ment l'ordre qu'il a reçu de son Supérieur. »

Pascal, ainsi saintement encouragé, les
quitta sans vouloir accepter un déguisement
qui aurait pourtant favorisé son voyage.

Pieds nus, vêtu de bure, il entra dans les pays hérétiques, résolu de tout souffrir pour Jésus-Christ (1).

Le Seigneur, qui ne voulait pas achever si vite la carrière de son serviteur, ne put du moins refuser à son amour si fidèle une large part aux humiliations et aux amertumes de sa croix. Il les laissa se multiplier autour de son serviteur, le soutenant et le fortifiant par une protection souvent miraculeuse. L'humilité du saint nous a dérobé la plupart des circonstances de ce merveilleux voyage. Celles que nous connaissons suffisent pour nous faire deviner ce que Pascal eut à souffrir et ce que le Seigneur fit pour le privilégié de l'Eucharistie.

A peine le pauvre voyageur eut-il mis le pied sur les territoires des calvinistes, que son habit et son extérieur modeste le trahi·

(1) *Chroniques de saint François*, chap. x. — P. Christophe d'Arta, chap. xvi.

rent. Le peuple se réunit, heureux d'avoir trouvé une proie facile, et lui prodigua les insultes et les coups. Rayonnant d'une joie céleste, Pascal poursuivait sa route, se contentant de prier pour ses persécuteurs.

Dans les villages qu'il traversait, il était accueilli aux cris de : « Papiste ! papiste ! » On lui jetait des pierres, de la boue et les habitants le chassaient honteusement sans égard pour son extrême fatigue.

Un jour, leurs attaques furent si violentes que le saint, frappé d'une pierre, tomba sans connaissance. Les anges veillèrent autour de lui, car ses bourreaux s'éloignèrent sans attenter à sa vie. Pascal revenu à lui, se releva et continua la route de son Calvaire. Toutefois le coup avait été si violent qu'il en conserva toute sa vie la marque et en souffrit jusqu'à sa mort. Cette blessure qui rappelait au saint celle que la pesanteur de la croix fit à l'épaule de Notre Seigneur, meurtrissait, il est vrai, sa chair, mais était d'une douceur délicieuse à son âme (1).

Le serviteur de Dieu vint ainsi jusqu'à Orléans, récoltant les injures et les coups, semant partout la foi dans le sacrement d'amour, la prière et le pardon. En accomplissant son humble apostolat, il réalisait les paroles de saint Paul : « On nous maudit et nous bénissons. »

Léon XIII vient de donner saint Pascal comme Patron aux Œuvres eucharistiques. On peut dire que le voyage du saint en France fut un acte de foi héroïque au très saint Sacrement. Très probablement, les missives qu'il portait traitaient de l'hérésie menaçante et des périls que courait en France la foi en l'Eucharistie. Nous le verrons plus loin, la divine Providence y avait conduit l'humble Frère lai espagnol pour y confesser le divin mystère. Il n'est pas douteux qu'il dut semer sur son passage le parfum dont

(1) *Chroniques de saint François*, chap. x. — P. Christophe d'Arta, chap. xvi.

il était rempli, c'est-à-dire l'amour du très saint Sacrement.

Qui sait si le Pain des anges ne vint pas le visiter durant sa course périlleuse, comme jadis au milieu de son troupeau ? Amant du Tabernacle, Pascal en a le cachet : un voile de silence, d'obscurité plane sur son voyage à travers la France.

DIEU pour nous édifier, permet qu'une partie des œuvres des saints nous soit connue et se répande au dehors, mais il se plaît aussi à les envelopper de mystère, et quand le chrétien animé d'un zèle pieux cherche à pénétrer l'histoire des âmes privilégiées, il s'arrête souvent devant une porte fermée : le secret de DIEU lui échappe. Mystère divin, trésor qui n'est connu que du ciel, étant une lumière trop éblouissante pour la terre !

Toutefois les historiens sérieux ne sont pas absolument silencieux sur le voyage de Pascal, et les faits qu'il nous est donné de connaître sont d'une saveur si franciscaine que nous nous plaisons à les rapporter.

Dans les rues d'Orléans, Pascal demanda l'aumône, il tendit humblement la main de porte en porte, récoltant plus d'affronts que de pain. Plusieurs hérétiques l'aperçurent. Comme des chiens excités par la vue du gibier s'élancent à sa poursuite, ils se précipitèrent vers le saint.

Leurs visages reflétaient leurs mauvaises intentions. Pascal, habitué à ce genre d'attaques, ne se troubla pas et les attendit patiemment.

« Papiste, dit l'un d'eux avec une fourberie mielleuse, dans ce pain que vous prétendez consacrer, y a-t-il vraiment Dieu ? »

Pascal comprit le piège qui lui était tendu, il vit la palme du martyre qui s'offrait à lui. Heureux, il ne chercha pas une réponse subtile, qui eût pu confondre les hérétiques et le tirer d'embarras. Levant les yeux au ciel avec une grande ferveur, le saint laissa parler sa foi et son cœur :

« Oui, dit-il, le Christ Notre Seigneur est vraiment et réellement dans l'hostie consa-crée, comme il est dans le ciel. »

La rage des hérétiques aurait dû éclater, mais poussant jusqu'au bout leur astuce dia-bolique, ils se continrent, et considérant l'humble apparence du pauvre Frère, ses pieds ensanglantés, son habit en lambeaux, ils le jugèrent illettré et conçurent l'espoir de l'éblouir et de l'entraîner.

Ils lui proposèrent donc mille objections fallacieuses, mille doutes sophistiques. Mais à l'école de l'Eucharistie, Pascal avait trouvé la science divine. Il réfuta les erreurs, détrui-sit les allégations, et plein d'un zèle de feu, il reprit les calvinistes de leurs fautes et de leurs cruautés.

Cette apostolique liberté irrita ses adver-saires ; ne sachant que lui répondre ils devin-rent furieux et accablèrent le saint d'une grêle de pierres, pensant le tuer sous la masse

de leurs coups ; mais la main de Dieu sus-
pendit leur violence. Pas une pierre ne toucha le fils de saint François, la rage des
hérétiques demeura sans résultat. Honteux
de leur insuccès ils s'éloignèrent, laissant à
l'amant de l'Eucharistie la gloire et la joie
d'avoir confessé sa foi en la présence réelle
de son Dieu au mystère d'amour et l'honneur d'avoir souffert pour cette croyance et
cette dévotion, signes distinctifs de sa vie (1).

Ainsi marqué pour l'éternité, l'ami de
Jésus au très saint Sacrement continua pai-
siblement sa route.

Les saints ne s'effraient pas des obstacles
que le démon leur oppose. Pascal, délivré de
ses persécuteurs, ne songea pas à se soustraire
à leur rage par la fuite, il continua tranquillement sa quête, et vint frapper à la porte
d'une riche maison.

(1) *Chroniques de saint François*, chap. x. —
P. Christophe d'Arta, chap. xvi.

Celui qui la possédait était un luthérien.
Ce seigneur était à table avec ses hôtes et
faisait bonne chère. Quand il apprit la venue
du fils de FRANÇOIS, il résolut de le perdre
ou de lui faire payer chèrement son titre de
catholique ; et il le fit venir devant lui, ayant
aussi la pensée de se distraire.

Pascal franchit l'entrée de cette opulente
demeure. Prédicateur éloquent, quoique
silencieux, de la pauvreté et de la mortification chrétienne, il salua modestement le
maître de la maison, lequel nous l'avons dit,
espérait se railler de l'humble Frère et jeter
le trouble dans son âme. La sereine tranquillité du saint, son humble douceur lui
firent perdre cette coupable espérance. Comprenant qu'il était vaincu d'avance, il n'osa
engager la lutte, mais prenant un ton rude
et méprisant, il dit à Pascal :

« Ne croyez pas pouvoir vous cacher sous
le déguisement que vous portez. Votre
feinte pauvreté ne peut m'abuser : je sais

que vous parcourez cette ville pour espion-
ner mes coreligionnaires. Vous voilà en
mon pouvoir, et pour ôter à vos semblables
l'envie de vous imiter, je ne vous ferai point
grâce, vous périrez de malemort. »

Le visage de Pascal n'exprima pas la
moindre crainte en entendant ces menaces;
comme son divin Maître, il se tut devant
son juge et ne dit pas un mot pour se défendre. Il se contenta de s'unir au Sauveur
alors qu'il comparut devant Hérode.

Le luthérien qui ne voulait pas se déran-
ger pour un papiste, ordonna qu'en atten-
dant la fin de son repas, Pascal fût emmené
dans une pièce écartée et qu'on l'y gardât.

Les serviteurs s'approchèrent du bienheureux pour exécuter ce commandement.
Mais ce ne fut pas un prisonnier ordinaire
qu'ils entraînèrent; les yeux de Pascal bril-
lants d'une joie divine ne semblaient plus
rien voir de la terre, il était dans une sorte
d'extase. L'espoir du martyre le mettait déjà

en contact avec le ciel, son oreille avait
entendu la bienheureuse sentence qui allait
faire couler son sang pour l'amour de JÉSUS.
Son ravissement était tel que les séïdes du
luthérien restèrent stupéfaits en voyant
quelle félicité illuminait le visage de l'héroïque Mineur.

Troublés, les huguenots hésitaient dans
leur sinistre besogne. Soudain, la châtelaine
s'approche à la dérobée du prisonnier. Émue,
elle aussi, elle interpelle aussitôt les serviteurs de son mari :

« Mettez cet homme en liberté, » com-
mande-t-elle.

Ils s'empressent d'obéir. Heureux de n'a-
voir point à consommer un crime qui leur
faisait peur, ils s'inclinent devant leur maîtresse et répondent :

« Vous avez raison ; DIEU ne veut pas que
son sang, le sang du juste, teigne cette
demeure. »

Tout aussitôt, les gardiens de Pascal le

conduisirent à une porte écartée où ils le laissèrent libre.

Le bienheureux perdit avec tristesse la couronne du martyre qu'il avait presque touchée de la main, mais fidèle amant de la volonté divine, il se soumit et rendit grâces à DIEU de l'avoir arraché à la dent des loups (1).

A peu de distance s'élevait une humble cabane ; la nuit venait, le saint que les mille dangers courus dans ce jour n'avaient point découragé, frappa au guichet demandant un abri. Les anges, cette fois, avaient guidé ses pas dans la maison d'une pauvre mais fervente catholique qui reçut le Frère Mineur comme l'envoyé du ciel et partagea avec lui le fruit de son indigence.

« Heureux les pauvres ! dut se dire le serviteur de DIEU, en appelant la bénédiction céleste sur sa charitable hôtesse, le royaume

(1) *Chroniques de saint François*, chap. x. — P. CHRISTOPHE D'ARTA, chap. xvi.

de Dieu qui est celui de la paix et de la justice leur appartient (1). »

Loin d'être lassé par ces épreuves. Pascal sentait croître dans son cœur le désir de souffrir pour son Dieu. Plus il buvait au calice de la croix et de la Passion plus son âme avait soif de cette eau fortifiante et salutaire.

Ayant donc remercié la bonne catholique de son hospitalité, il s'achemine vers un gros bourg où il est aussitôt reconnu comme catholique. La nouvelle se propage. En un instant la route est pleine d'hommes et d'enfants qui crient. « Papiste ! ohé ! papiste ! » et poursuivent le bienheureux.

Pascal aimait pour lui-même les injures, et les coups, mais ce nom de papiste lui allait au cœur parce qu'il lui semblait une injure faite au Chef de l'Église.

Tout à coup un homme fend la foule ameutée, il saisit rudement le saint voya-

(1) *Chroniques de saint François*, chap. x.

geur, l'entraîne et l'enferme dans une étable
à porc. Pascal étonné de cette brusque apparition et croyant sa mort prochaine se recommande à DIEU, aux saints et, plein de
joie, attend la palme du martyre qui cette
fois pense-t-il ne doit pas lui échapper. Son
espérance fut encore trompée. La nuit se
passa sans que le saint, qui souffrait cruellement de la faim, vit reparaître son geôlier.
Au petit jour, cet homme qui avait voulu
non le perdre mais le sauver, vint pour le
sortir de sa prison et lui donner quelque
nourriture; puis ouvrant la porte de l'étable, il dit à Pascal :

« Vous êtes libre maintenant, priez pour
moi, mon Frère !

— DIEU soit loué ! » répondit Pascal délivré pour la troisième fois d'une mort
certaine.

Le démon voyant que la violence et la
crainte ne pouvait rien sur le cœur de ce
vrai fils de FRANÇOIS usa de ruse. Au sortir
d'un assez gros bourg, une femme encore

jeune à l'aspect plein de dévotion l'aborde :
« Frère, dit-elle avec douceur, n'es-tu pas
de notre religion ? » Le saint reconnut aussitôt une luthérienne et sans lever les yeux il
répondit simplement : « Je suis de la religion
de saint FRANÇOIS (1).

Ce ne fut pas le seul piège que lui dressa
l'esprit de ténèbres. Chemin faisant, sur une
route solitaire, Pascal rencontra un cavalier
bien armé, la lance au poing. L'humble
Frère lui laissant le milieu du chemin, continua sa route dans la poussière. Le soudard,
arrêtant son cheval, lui dit avec une morgue
insolente :

« Frère, DIEU est-il au ciel ?

— Certainement, » dit Pascal, dont l'angélique simplicité ne vit pas plus loin que la
demande qui lui était posée.

Le guerrier satisfait, continua sa course
laissant Pascal fort étonné de sa brusque
interrogation. Le saint comprit alors que ce

(1) *Chroniques de saint François,* chap. x. —
P. CHRISTOPHE D'ARTA, chap. XVII.

cavalier était un calviniste qui avait voulu
le mettre à l'épreuve et que, s'il lui avait
répondu : « DIEU est au ciel et dans le très
saint Sacrement de l'autel, » son adversaire
l'eût certainement frappé de sa lance.

« Hélas! disait-il à son retour avec une
grande abondance de larmes, j'ai cru bien
répondre. Ce sont mes péchés qui m'ont
empêché de profiter de l'occasion qui m'était
offerte de mourir pour mon Seigneur JÉSUS-
CHRIST. Je n'ai pas mérité la grâce du martyre (1). »

Nous l'avons dit, l'humilité de Pascal ne
voulut jamais donner plus de détails sur les
souffrances de son voyage en France. Tout
ce que nous savons, c'est qu'il accomplit fidèlement sa mission.

Son retour en Espagne fut-il moins tra-
versé que son premier voyage? Il est bien
probable qu'il offrit en grande partie les

(1) *Chroniques de saint François*, chap. x. —
P. CHRISTOPHE D'ARTA, chap. XVII.

mêmes épreuves et les mêmes dangers.

Le P. Jean de Moya, Gardien du couvent d'Almansa et le P. Jean Ximénez, son ami, arrivèrent à se faire raconter les détails que nous avons recueillis avec un pieux respect.

Le disciple n'est pas plus grand que le Maître. Le Seigneur JÉSUS n'a laissé qu'entrevoir ce qu'il a fait sur la terre. Saint Jean nous dit lui-même que si l'on rapportait en détail toutes les choses que JÉSUS a faites, le monde entier ne pourrait contenir les livres qu'on écrirait. Les amis du Cœur de JÉSUS participent à ce voile jeté par le ciel sur la plupart des bonnes œuvres, des consolations et des épreuves. Mais, comme le divin Maître qu'ils servent et qu'ils imitent, ils « passent en faisant le bien. »

Et Pascal, ami du pain eucharistique, avait une grâce spéciale pour répandre partout où l'envoyait la divine Providence « la bonne odeur de JÉSUS-CHRIST. »

CHAPITRE XI

LE SÉRAPHIN D'ALMANSA

Esprit de foi. — Les saintes images. — Le jeudi-
saint. — La Fête-Dieu. — Le Rosaire de Notre
Seigneur. — Un prodige par charité. — Les
mets miraculeux. — Guérison des malades.
— Conversions. — L'ami des âmes du purgatoire. — Supérieur et Maître des Novices.

LE bonheur des saints est de disparaître,
de se tenir dans la vie cachée. Pascal avait
été dans son voyage en France l'apôtre de
l'Eucharistie, le confesseur de la foi, mais il
reprit avec joie ses humbles fonctions de
frère lai au couvent d'Almansa.

Cette maison qui eut le privilège de conserver le saint pendant sept ans, fut le témoin
discret de ses héroïques macérations et l'au-
diteur muet des prières enflammées que le
cœur du privilégié de l'Eucharistie adressait
à son JÉSUS.

Sa piété était basée sur la foi. Il considérait cette vertu comme la porte principale de la béatitude éternelle et le plus sûr moyen de plaire à Dieu. La vivacité de cette foi était la raison de sa spéciale dévotion pour le très saint Sacrement et du respect profond avec lequel il approchait les prêtres et entretenait les objets nécessaires au culte.

On se souvient que, pénétré du sentiment de son indignité, il avait refusé les ordres sacrés, les jugeant une fonction digne des anges et trop élevée pour sa misère.

Les saintes images excitaient la ferveur de Pascal qui ne passait jamais devant celles de Notre Seigneur et de sa très sainte Mère sans faire la génuflexion, même lorsqu'il rentrait de ses quêtes, fatigué et encore chargé (1). Leurs fêtes et celles des principaux saints étaient pour le pieux Mineur

(1) *Chroniques de saint François*, chap. XXIX. — P. Christophe d'Arta, chap. XXIII.

des jours d'allégresse. Il s'y préparait par un redoublement de macérations et de prières et nul ne le surpassait alors dans l'assiduité au lieu saint. Il ne pouvait s'éloigner de l'église, il y restait de longues heures, insensible à tout ce qui se passait autour de lui, toujours à genoux, les mains tendues vers le sanctuaire où reposait son unique trésor. Le jeudi-saint, l'amant de l'Eucharistie prolongeait pendant cinq et six heures ses adorations, on l'eût prit pour une statue de l'amour prosterné au pied de la divine Hostie. Mais plus encore la Fête-Dieu excitait ses transports séraphiques (1).

Une vie si pure, une union si constante avec Dieu ne semblaient pas aux yeux de Pascal mériter le bonheur de la communion fréquente. Bien qu'il se confessât tous les jours, il n'osait approcher si souvent du

---

(1) *Chroniques de saint François*, chap. xxix. — P. Christophe d'Arta, chap. xxx.

divin Sacrement. Le Seigneur semblait se plaire dans la lutte ravissante qui troublait le cœur de son serviteur, jusqu'à ce que l'humilité vaincue par l'amour, se fît son esclave, et conduisît Pascal au banquet eucharistique.

Quelques Frères, considérant la perfection de la vie du saint, traitèrent de scrupules les délicatesses de sa conscience. Pascal leur répondit humblement :

« Ceux qui parlent ainsi ne considèrent pas que la grâce reçue dans la réception de ce Sacrement, ne doit pas se perdre. »

La ferveur de Pascal le rendait admirablement apte à recevoir dans l'Eucharistie les impulsions de la grâce. Son action était parfois si souveraine, que l'humble Frère ne savait comment se dérober à la vue de tous. Il ne pouvait après la communion retenir les larmes de sa dévotion, et devait se retirer à l'écart pour cacher l'ardeur de ses transports.

La Vierge MARIE qui avait consolé le jeune berger par ses visites maternelles, et s'était fait sa Maîtresse en Aragon, ne pouvait abandonner Pascal devenu Frère Mineur. Le saint répondait aux privilèges dont le comblait sa Souveraine par une tendre dévotion et un amour particulier pour son Immaculée Conception.

Enfant dévoué de saint FRANÇOIS, il était fidèle à la glorieuse tradition de l'Ordre Séraphique qui combattit si vaillamment pour l'honneur de la Mère de DIEU et sa Conception Immaculée. Dans tous les couvents de la Province, Pascal retrouvait un autel dédié à ce mystère. C'était là qu'on le rencontrait le plus souvent, là qu'il récitait l'office de la très sainte Vierge, là qu'il égrenait vingt fois par jour son rosaire, redisant avec une douceur ravissante les noms de JÉSUS et de MARIE.

Si, quittant cet autel aimé, il rencontrait un Père ou un Novice, l'allégresse de son visage redoublait, et plein de zèle il s'écriait :

« Venez là, Frère, mettez-vous à genoux comme moi, et dites : Bénie, louée, glorifiée soit l'Immaculée Conception de Notre-Dame (1). » .

Il avait ajouté à ses prières la récitation du Rosaire de Notre Seigneur qu'il disait plusieurs fois par jour. Il en expliquait ainsi l'origine :

« Le Rosaire ou Psaltérion de notre très doux Jésus, fut enseigné à un Religieux qui méditait les mystères du Rosaire de la Reine du ciel. Il vit cette divine Mère demander à Jésus une grâce spéciale. Le divin Maître dit alors à son Immaculée Mère que le Religieux devait aussi lui former une couronne disant à la place de l'*Ave Maria, Ave benignissime Jesu,* et remplaçant les *Pater* par la salutation angélique (2). »

(1) P. Christophe d'Arta, chap. XXI.

(2) *Chroniques de saint François.* — P. Christophe d'Arta, chap. XXI.

L'humble Pascal, racontant cette vision ne donna pas plus d'explications, mais il est bien à croire, et les pieux chroniqueurs en sont convaincus, que le Religieux favorisé de cette apparition fut Pascal lui-même et qu'il reçut de Jésus et de sa Mère l'invitation de saluer par cette couronne le Prisonnier du Tabernacle. Pourquoi les dévots du très saint Sacrement ne réciteraient-ils pas cette couronne maintenant que le Souverain Pontife leur a donné Pascal pour patron ?

L'humble récit du saint nous fait deviner que durant sa vie terrestre il était déjà initié aux ravissements du ciel. L'amour qui le dévorait intérieurement avait, comme celui de son Père Séraphique, besoin de se répandre au dehors en chants de louange et de reconnaissance envers la divine bonté, et en se consumant dans l'exercice de la charité. On peut dire que cette vertu était dans le cœur du saint à l'état de passion, il ne savait pas y résister, et lorsque les secours maté-

riels lui faisaient défaut, avec une confiance
d'enfant il s'adressait au ciel qui ne demeurait jamais sourd à sa prière.

Au couvent d'Almansa, portier et jardinier tout à la fois, sa plus grande joie était
de faire l'aumône des fruits du jardin à ceux
qui se présentaient à la porte du couvent. La
fatigue qu'il avait prise pour les cultiver, les
besoins de la communauté disparaissaient
pour lui devant le précepte de la charité, et
plein de confiance il affirmait que DIEU pourvoirait à tout. JÉSUS, l'ami des pauvres, ne
voulait pas tromper sa foi. Il multipliait les
provisions dans ses mains et faisait pour son
serviteur les plus gracieux miracles.

Un jour, le Syndic du couvent, homme
pieux et charitable, assistait Pascal dans ses
œuvres de miséricorde. Les pauvres s'étaient
succédé sans lasser la patience du saint ni
celle de son compagnon, lorsque se présente un nouveau malheureux. C'est un infirme, il demande par charité un peu de

poirée. Hélas ! Pascal avait si généreusement
distribué celle du couvent que le jardin nu
et dépouillé ne présentait pas l'ombre d'une
feuille de poirée. Le saint navré retourne à la
porterie avec le Syndic, témoin de sa disette.
Pour consoler l'infirme, comme il avait l'habitude de le faire en semblables circonstances,
il dut lui offrir quelques fleurs, témoignage
de sa bonne volonté, et des encouragements
sortis de son cœur de saint. Là ne s'arrêtèrent pas les efforts de la charité de ce séraphin. Il dut dire au ciel en faveur de ses
pauvres quelques-unes de ces paroles auxquelles la miséricorde de Jésus ne sait jamais
répondre non.

Dès le lendemain, de nombreux malades
étaient à la porte du couvent réclamant, eux
aussi, quelques feuilles de poirée. Le Syndic
était comme la veille présent à la supplique,
et sachant que le jardin était dans la disette,
il voulut les renvoyer en disant qu'il n'y

avait point au couvent les feuilles désirées.
Pascal l'arrêta et dit aux pauvres :

« Le seigneur Syndic ici présent et moi,
avons cherché hier pour un autre infirme ce
que vous demandez et nous n'avons rien
trouvé, mais confiez-vous en Dieu et atten-
dez un moment.

— Que dites-vous, Frère Pascal ? reprit le
Syndic, que parlez-vous d'attendre ? N'y a-t-
il pas impertinence dans un pareil langage ?
Comme moi, vous savez bien qu'il n'y a rien
à trouver dans le jardin du couvent. »

Le saint écouta doucement la remontrance
du Syndic ; souriant, il leva les yeux au ciel
et sembla prier, puis il prit le chemin du jardin.

Poussé par une force irrésistible, l'Espagnol le suivit.

Bien lui en prit : sur la pièce de terrain,
aride la veille, s'élevaient des feuilles de poirée si hautes, si vertes, si nombreuses, qu'on

eût dit un champ préparé avec soin depuis longtemps.

Pascal, humble toujours et remerciant DIEU, dit au Syndic : « Voyez, mon Frère, ce que la divine Providence a fait ! Dans une seule nuit elle s'est plu à faire croître cette herbe pour soulager de pauvres malades. »

Le Syndic ne s'y trompa point. Émerveillé il répondit : « Ah ! je crois, Frère Pascal, que ce sont vos prières qui ont obtenu un tel miracle. »

Le Frère ne répliqua pas mais il se hâta de porter aux pauvres infirmes la poirée miraculeuse (1).

L'esprit de foi qui animait toutes ses actions lui faisait voir dans chaque pauvre un autre JÉSUS-CHRIST, aussi répondait-il libéralement à leurs demandes.

Dans une année de disette quelques per-

---

(1) *Chroniques de saint François*, chap. v. — P. CHRISTOPHE D'ARTA, chap. xxv.

sonnes craignirent que les nombreuses aumônes du Frère portier ne réduisissent la communauté à la misère, ils vinrent le trouver
et lui exposèrent leur pensée, l'engageant
du moins à modérer sa charité.

« Confions-nous en Dieu, leur répondit
simplement saint Pascal, et croyons que rien
ne nous manquera. Chaque morceau de pain
que nous donnons à un pauvre nous ouvre à
deux battants la porte des trésors divins (1). »

Dans une autre circonstance, un Frère lui
fit observer que les pauvres allaient croissant,
et qu'il ferait bien de n'en secourir qu'un certain nombre. La charité de Pascal procédait
de l'amour infini de Dieu, elle ne savait
se limiter. Il s'écria :

« Oh ! mon Frère, s'il vient douze pauvres,
que j'en renvoie quatre, et que Notre
Seigneur Jésus-Christ soit parmi ces qua-

---

(1) *Auréole Séraphique.* — P. Christophe
d'Arta, chap. xxiv.

tre ferais-je bien de lui fermer la porte ?
Je ne veux pas risquer de repousser mon
Seigneur JÉSUS-CHRIST et voilà pourquoi je
secoure tous ceux qui se présentent. »

« Frère Pascal, lui fit-on observer une
autre fois, parmi tous ceux qui viennent à
vous, plusieurs sont des pécheurs endurcis,
indignes de votre pitié et qui ne cherchent
qu'à vous tromper.

— Je fais l'aumône pour DIEU, répondit
le saint, et je ne cherche à savoir rien
autre (1). »

Confondus par une si grande pureté d'intention et une si haute vertu, les interlocu-
teurs du saint portier le quittaient pleins
d'admiration et résolus de suivre ses traces.

Plus admirable encore que les largesses
de sa charité, était le soin délicat et touchant
qu'il prenait pour préparer la nourriture de

(1) *Auréole Séraphique*. — P. CHRISTOPHE
D'ARTA, chap. xxv.

ses pauvres. Lorsque les restes de la table conventuelle ne lui semblaient pas suffisants, il y ajoutait ce qu'il croyait bon et les assaisonnait de son mieux.

Un Religieux le voyant un jour livré à ces étranges combinaisons de mets voulut l'interroger.

« Quel goût ce plat peut-il bien avoir ? demanda-t-il au Frère.

— Très bon goût, avec la grâce du Seigneur, » répondit Pascal en souriant. Le pieux curieux ne fut pas convaincu, il voulut goûter le mets ainsi préparé et avoua n'en avoir jamais mangé de plus savoureux (1).

Le même fait se renouvela lorsque Pascal était à la cuisine. Les chroniqueurs ne nous disent pas dans quel couvent le Seigneur récompensa par un miracle la foi et la charité de son privilégié.

Fr. Jean Rodriguez, voyant qu'à la cuisine

(1) P. Christophe d'Arta, chap. xxv.

le saint trouvait ce jour-là fort peu de restes pour les pauvres, était en peine et troublé, pensant au grand nombre de ceux qui
attendaient à la porte. L'angélique Frère
Mineur s'aperçut de son agitation et lui dit :

« Que notre pauvreté ne vous chagrine
pas, mon Frère. Remplissez d'eau la marmite
et mettez-la sur le feu. »

Le jeune Frère obéit.

Pascal réunit alors quelques morceaux de
pain, un peu de sel et jeta le tout dans la
marmite.

« C'est bien peu d'assaisonnement pour
tant d'eau, » remarqua Fr. Rodriguez, interdit, et considérant avec stupeur cette manière de faire.

L'ami des pauvres le savait bien, mais il
savait aussi, qu'aux noces de Cana, l'eau avait
été changé en vin par JÉSUS à la prière de
MARIE. N'était-il pas l'enfant de prédilection
de Notre-Dame des Anges ? lui avait-elle
jamais refusé quelque grâce ? et maintenant

qu'il la priait de venir au secours des affamés, la Vierge toute-puissante n'intercéde-
rait-elle pas près de son Fils ?

Pascal eut sans doute du ciel l'assurance
qu'il était exaucé, car il répondit à son
compagnon :

« Nous avons fait de notre mieux, Dieu
fera le reste. »

Sa foi ne l'avait pas trompé, Fr. Rodriguez affirma depuis que ce bouillon exquis
fut du goût de tous les pauvres que secou-
rait le couvent (1).

Avant de le leur distribuer, le saint, selon
sa coutume, les faisait prier à genoux, unis-
sant ainsi la charité spirituelle à l'aumône
corporelle.

S'il se trouvait là quelques infirmes, un
homme âgé et malade, il devenait l'objet des
attentions et des prévenances de Pascal.
Sachant combien il est dur à celui qui souf-

(1) P. Christophe d'Arta, chap. xxv.

fre de demander, il s'efforçait avec une infinie délicatesse de deviner les besoins de chacun afin d'y pourvoir. Les souffrances de
l'âme, les besoins spirituels de ses protégés
excitaient surtout son zèle. Il ne comptait
plus alors ni fatigue, ni difficulté, ni temps.
Sa vie répondait admirablement à la maxime
qu'il s'était tracée. Il répétait souvent en
effet : « Trois choses sont nécessaires aux
hommes pour gagner la vie éternelle. Il leur
faut avoir : un cœur de fils pour Dieu, un
cœur de mère pour leur prochain, un cœur
de juge pour eux-mêmes (1). »

Sévère pour lui-même, nul ne fut plus
indulgent et plus miséricordieux que Pascal.
Sa vue seule répandait un esprit d'union et
de charité. Il n'aimait point que l'on parlât mal des autres nations, disant qu'il les
aimait toutes et qu'il eût voulu voir régner
entre elles la plus fraternelle union. Per-

(1) P. Christophe d'Arta, chap. xxv.

Ne soiez point paresseux à visiter les malades ;
car c'est ainsi que vous vo. affermirez dans la charité.

(Ecclesiastique, 7, 39.)

sonne en sa présence ne pouvait manquer à la charité, sans qu'il ne l'en reprit avec une sainte et religieuse liberté unie à une admirable prudence. Il permettait encore moins que l'on tournât en ridicule les infirmités corporelles, tant l'image de DIEU lui apparaissait vive et réelle dans les êtres disgraciés comme dans les merveilles de la nature.

Sa compassion pour les malades était si grande qu'elle fit taire parfois les répugnances de son humilité, et qu'armé de cette divine puissance que JÉSUS se plaisait à laisser en ses mains, il délivra les infirmes de leurs maux. Fr. Jean Sanchez en fit l'heureuse expérience.

Il souffrait d'un mal cruel qui lui causait de si horribles douleurs que ne pouvant les supporter, le pauvre Frère quitta sa cellule en gémissant pour essayer de trouver un soulagement sous les arceaux du cloître. Le P. Jean Olarte, qui fut plus tard Provincial, s'y trouvait avec Pascal.

La figure contractée, les soupirs douloureux du malade appelèrent l'attention des deux Religieux et le Père eut une inspiration. Il dit à Pascal :

« Mon Frère, tracez le signe de la croix sur le siège du mal de Fr. Sanchez et que cela le guérisse. »

Pascal ainsi interpellé, rougit et suppliant s'excusa, disant : « Taisez-vous, mon Père, ne me dites pas cela. »

Mais le malade rempli d'espoir à son tour, et fortifié par la foi se jeta aux genoux du saint. Pénétré de confusion, le pauvre Frère Mineur ne put refuser, mais répondit, espérant échapper à la gloire du miracle. « Ayez donc la foi, mon Frère, et tracez vous-même le signe de la croix. »

Sanchez obéit et sur le champ fut entièrement délivré de son mal (1).

_____

(1) *Chroniques de saint François*, chap. XVIII. — P. CHRISTOPHE D'ARTA, chap. XXXI.

Plus tard le P. Jean Olarte aux prises avec plusieurs inflammations dangereuses, se souvint de Pascal, pour lequel il conservait une grande confiance ; il le fit appeler dans sa cellule. Le saint s'y rendit ; à la prière du Père, il le signa de la croix et le guérit instantanément (1).

Le soulagement du corps n'était rien pour Pascal auprès de la guérison des âmes. Quand il s'agissait du salut de quelqu'une, vrai disciple de l'Évangile, il ne craignait plus rien. Sa prière s'élevait avec une instance plus irrésistible, il macérait son corps pour apaiser la justice divine, et ne s'arrêtait point qu'il n'eût obtenu la conversion désirée. Combien lui durent leur salut, parce qu'il avait obtenu pour leur âme ces bonnes inspirations, ces remords qui les arrêtaient dans la route du crime. Les moyens dont

(1) *Chroniques de saint François,* chap. XVIII. — P. CHRISTOPHE D'ARTA, chap. XXXI.

Pascal se servait pour les retenir sur le bord du précipice, tenaient parfois du merveilleux.

Un homme d'Almansa avait donné un rendez-vous. La famille de la personne convoquée se crut justement outragée et se réunit pour tuer le coupable. A la tombée du jour, le seigneur se mit en marche et dès les premiers pas, s'arrêta surpris par le son d'une clochette qui semblait le poursuivre. Étonné d'abord par ce tapage insolite, il en chercha sans succès la cause. Rentrant en lui-même, il comprit sa faute, prit son rosaire et, tout en le récitant, retourna chez lui. Le lendemain, il voulut expliquer sa conduite à la personne qui l'attendait au rendez-vous, mais elle lui répondit : « Seigneur, je suis contente et repentante. Si vous étiez venu, nous fussions morts vous et moi. Dieu nous a sauvés, remercions-le, et servons-le désormais fidèlement. »

Éclairé sur l'intervention miraculeuse dont il avait été l'objet, le seigneur voulut mettre ordre à sa conscience. Il courut au couvent. A peine le saint portier l'aperçut-il, qu'il vint au-devant de lui et lui dit avec une affectueuse charité :

« Frère, voilà longtemps que je vous attends pour traiter avec vous une affaire importante et corriger votre vie mondaine. Pour votre amour et afin que vous ne soyez pas complètement perdu, j'ai passé la plus mauvaise nuit de ma vie.

— Comment cela ? demanda le cavalier surpris.

— Pour qu'on ne vous tuât pas et que vous n'alliez pas en enfer, » lui répondit simplement Pascal.

Le seigneur, de plus en plus étonné, ne voulait pourtant pas se rendre à l'évidence. Le saint lui dit encore : « Souvenez-vous que votre père souffrit telle et telle chose à cause de vous. » Il lui rappela alors des faits si secrets, qu'il ne pouvait les connaître que par révélation. Il fit aussi à ce seigneur diverses prédictions que l'avenir réalisa.

Le chevalier témoigna lui-même de ce fait merveilleux lors du procès de béatification (1).

Non moins miraculeux est le récit suivant :

Pascal accompagnait un prédicateur fameux, le P. Barthélemy Pasteur, dans ses courses apostoliques. Le soir venant, les deux Frères Mineurs s'arrêtèrent à la porte d'une maison. Le maître du logis les reçut fort bien et commença lui-même à leur préparer un repas.

Pascal le regardait faire avec un air triste et compatissant, Dieu lui révélait que le jour même son hôte s'était rendu coupable d'un péché mortel. Le douloureux état de cette âme, le danger qu'elle courait causaient au saint une émotion profonde. Bientôt il ne put se contenir :

(1) *Chroniques de saint François*, chap. xvii. — P. CHRISTOPHE D'ARTA, chap. xxxii.

« Mon frère, dit-il avec douceur au pauvre pécheur, voici que DIEU a envoyé sous votre toit un de ses ministres. Profitez-en pour purifier votre âme par une bonne confession. Nul ne sait s'il vivra ou mourra. Il est mieux que vous n'attendiez pas davantage. »

L'Espagnol se montrait peu disposé à suivre ce conseil et Pascal continuait ses pressantes invitations avec une telle insistance que le P. Barthélemy lui dit :

« Je crains, mon Frère, que vous ne soyez importun et mal poli pour notre hôte. »

Cette réflexion ne put arrêter le zèle du saint. A la fin, le maître de la maison vaincu par la grâce, s'écria : « Frère, je vous obéirai. » Il se tourne aussitôt vers le prédicateur et lui dit : « Veuillez m'entendre en confession. »

Craignant que son hôte ne cherchât qu'à se débarrasser des importunités de Pascal, le Père s'y refuse d'abord, mais cet homme tombant à ses genoux le supplie, disant :

« Écoutez-moi de grâce, mon Père. C'est
très nécessaire, car je suis sûr que ce soir,
Dieu a révélé l'état de ma conscience à
Frère Pascal. »

Il se confessa aussitôt, laissant le prédicateur rempli d'étonnement et d'édification (1).

Les morts, les pauvres âmes du purgatoire,
avaient eux aussi part à la générosité de
Pascal.

Une dame d'Almansa apprit de sa bouche
que l'âme de son père réclamait des prières,
et sur les indications du saint, elle accomplit
les bonnes œuvres voulues pour assurer son
entrée dans la félicité éternelle (2).

La nièce de cette dame ayant entendu
parler de cette merveilleuse révélation vint
trouver saint Pascal.

« Je vous supplie, lui dit-elle, vous que
le Seigneur écoute, dites-moi où sont les

(1) *Chroniques de saint François*, chap. xvii.
— P. Christophe d'Arta, chap. xxxii.
(2) Id., id.

âmes de mon père et de ma mère, afin que je les soulage s'il en est besoin. Ne repoussez pas la prière d'une fille ! »

Vaincu par ses instances, le saint Frère Mineur consentit à lui répondre et lui dit que l'une de ces âmes chères était déjà au ciel, et l'autre encore en purgatoire, mais que si pendant trente-trois jours elle faisait dire une messe, et réciter certaines prières, elle obtiendrait sa libération.

La pieuse jeune fille s'empressa d'accomplir ce que le saint lui avait conseillé et au bout des trente-trois jours elle revint le trouver pour avoir de lui la confirmation de la délivrance de l'âme qui lui était chère.

Pascal lui en donna l'assurance et lui promit que Dieu récompenserait l'œuvre de de sa piété filiale (1).

De telles marques de la protection divine

(1) *Chroniques de saint François*, chap. xiv. — P. Christophe d'Arta, chap. xxxii.

et surtout la sainteté reconnue de Pascal,
l'avaient rendu le modèle de ses frères, leur
maître, leur ange conducteur. Désirant profiter davantage des lumières que le Saint-
Esprit lui donnait, ils demandèrent en
plusieurs occasions à l'avoir comme Supérieur, ce qui leur fut accordé à différentes
reprises.

Alors l'humble Pascal, dont l'obéissance
n'avait point de bornes, n'osait refuser le
fardeau que ses Supérieurs lui imposaient,
mais que de pieux artifices il employait pour
prendre sur lui le poids de la fatigue et du
travail et pour échapper aux honneurs? Étant
Supérieur il se plut même à conserver son
humble charge de portier. Rien ne lui coû-
tait tant alors que de voir les Religieux se
prosterner à ses pieds avant de partir et demander sa bénédiction. Il rougissait, se troublait, et pour échapper à ces marques de
respect il avait soin quand il voyait approcher quelques-uns d'eux de se dissimuler

derrière unè porte, ou de détourner les yeux (1).

Ce fut en 1576, au retour de son voyage en France, que Pascal fut élu Maître des Novices au couvent d'Almansa (2). Dans ces délicates fonctions il déploya tant de zèle, de prudence, d'amour de DIEU, que les Novices placés sous sa direction firent de grands progrès. Il savait à la fois les soutenir et les consoler. Nul ne le quittait sans avoir recouvré la paix. Ses réprimandes étaient à la fois si douces et si fermes que le coupable était plus touché de la charité de son Supérieur que de la réprimande elle-même.

Il s'efforçait surtout d'exciter chez les jeunes Religieux un grand amour et une connaissance pratique de la Règle. Parfaitement instruit des obligations de son état, il

(1) *Chroniques de saint François*, chap. XXII.— P. CHRISTOPHE D'ARTA, chap. XVII.

(2) ID., chap. XXVI.

décidait avec promptitude sur tous les doutes qui lui étaient proposés, et généralement les Supérieurs majeurs s'adressaient à lui pour traiter de telles matières.

L'importance de sa charge ne l'empêchait pas de multiplier les actes d'humilité. Il la quittait avec joie dès qu'il le pouvait. Ce qui attirait ce vrai imitateur de Jésus-Christ, c'étaient la croix et l'humiliation.

Pendant qu'il se trouvait à Almansa, la ville vint à manquer d'eau par suite d'une grande sécheresse. La campagne en souffrait comme la cité; le ciel semblait sourd à toutes les prières.

Il fut résolu que tous les habitants se rendraient en procession à l'ermitage de Notre-Dame de Belem, à une lieue et demie d'Almansa.

Pascal, jugeant que ses péchés avaient provoqué la colère de Dieu et attiré ce châtiment sur le pays, persuadé aussi que telle était l'opinion commune, résolut d'expier ce qu'il appelait ses fautes. Il se rendit donc à la procession, la tête ceinte d'épines, portant au cou une énorme corde de jonc marin, et les épaules chargées d'une croix pesante.

Figure vivante du divin Crucifié, innocent pénitent pour les coupables, il s'avança comme un criminel, gémissant, pleurant, demandant miséricorde.

Quant le peuple le vit, une émotion profonde saisit tous les cœurs, les larmes jaillirent de tous les yeux, ce ne fut plus le sacrifice d'un seul pénitent, mais la procession de milliers de cœurs contrits et humiliés qui criaient vers le Seigneur, se frappaient la poitrine et se prosternaient dans la poussière (1).

L'amour et l'humilité avaient réellement transfiguré Pascal, et gravant chaque jour de plus en plus dans son être les traits de l'Homme-Dieu, il pouvait dire avec vérité :

« Ce n'est plus moi qui vis, c'est Jésus-Christ qui vit en moi. »

(1) *Chroniques de saint François*, chap. xxv. — P. Christophe d'Arta, chap. xxii.

CHAPITRE XII

LE PAUVRE MINEUR

Multiplication des pains. — Les merveilles du
réfectoire de Valence. — Amour de la pauvreté.
— Le vêtement-cilice. — Austérité.

Ⅰ‍L est assez difficile de suivre, chronolo-
giquement parlant, la vie de saint Pascal,
à travers les couvents de la Province où
l'obéissance l'appela. Les Supérieurs aimait
à faire passer dans toutes les maisons ce
parfait modèle du Frère Mineur, cet amant
fidèle de la Règle, dont l'exemple bien plus
que les paroles était pour tous une leçon
vivante. C'est ainsi qu'il habita successive-
ment Elche, Xatiba, Valence, Aspe, Agoste,
Elda, Novelda, Alicante, Almansa, Iumilla
et finalement Villareale. Tour à tour Supérieur, portier, quêteur ou cuisinier, Pascal

peut être offert en modèle à tous les états
de la vie religieuse. Dieu l'appela à enseigner ses frères en lui confiant l'autorité qui
régit, mais il se plut aussi à faire de l'angélique Mineur le type de la vie humble et
cachée.

Nous allons suivre les vieux récits de ses
biographes, dont plusieurs ont été écrits fort
peu de temps après la mort du saint, et gla-
ner quelques fleurs séraphiques dans les
couvents qui eurent le bonheur de s'édifier
au contact d'un si fervent Religieux.

Partout il laissa le souvenir d'un séraphin,
la mémoire de ses incroyables austérités et
de sa continuelle mortification.

Au couvent de Valence, où il fut à diverses
reprises, la charité habituelle du saint lui procura plus d'une humiliation. Il était à la
fois portier et chargé de la dépense, double
emploi qui lui permettait de faire plus large
la part de ses chers pauvres.

Les Frères quêteurs rapportèrent une fois

une si grande quantité de pain qu'il y avait de quoi subvenir aux besoins du couvent pendant deux jours. Cependant le lendemain Pascal leur demanda de quêter quelques pains le plus vite possible.

« Comment cela se fait-il ? s'écria l'un d'eux. Hier nous avons rapporté le double de notre quête ordinaire, il doit sûrement en rester encore. »

Tout en disant ces mots, il courut au réfectoire, en inspecta tous les coins et ne vit pas un seul morceau de pain. Déconcerté il se dirigea donc vers la porterie et y retrouva le bon Pascal portant une corbeille pleine de pains qu'il s'apprêtait à distribuer aux pauvres.

« Voilà donc comment disparaissent les pains que nous rapportons ! s'écrie le bon Frère irrité. Venez avec moi, Frère Pascal. »

Il lui prend alors la corbeille des mains et suivi de l'humble portier il se rend à la cellule du Gardien, auquel il narre son histoire.

Hûreux celui qui donne à manger à ceux qui ont faim.
(*Pseau. 145-7.*)

« Mon Père, termine-t-il tout ému, comment Frère Pascal pourra-t-il se sauver, si sous le masque de la piété il fait de semblables choses ? »

Le Gardien, qui était alors Fr. André de Saint-Antoine, Religieux prudent et vertueux, connaissait le saint ; il répondit simplement au quêteur agité :

« Eh ! que puis-je faire, moi, si Pascal est un saint. »

Notre bienheureux avait suivi avec joie son accusateur, croyant aller au-devant d'une humiliation. Une telle louange dans la bouche de son Supérieur le troubla plus qu'un violent reproche. Sans plus attendre il saisit sa corbeille et s'enfuit en toute hâte.

Dieu se chargea de le justifier pleinement. Le pain de la charité se multiplia si bien qu'il suffit et au delà aux besoins de la communauté et des pauvres. Tous les Religieux, mais spécialement le Frère quêteur, restèrent dans l'admiration et comprirent que

DIEU ne refusait pas un miracle à Pascal (1).

Cette ardeur de Pascal pour les humiliations n'était jamais satisfaite, il y répondait
par des inventions séraphiques.

Dans ce même couvent de Valence, on le
vit un jour paraître au réfectoire portant
sur ses épaules une énorme pièce de bois.
S'étant humblement prosterné, il déclara à
haute voix que la vue de ses nombreux
péchés l'avait engagé à accomplir cette pénitence et qu'il demandait à tous ses Frères
d'obtenir de DIEU le pardon d'un si grand
coupable. Ceux-ci, qui le considéraient avec
attendrissement comme leur modèle, furent
confirmés par cet acte d'humilité dans la
persuasion de sa sainteté (2).

Il fut pendant quelque temps chargé du
réfectoire de Valence. Là, comme à la cuisine, il déployait, pour bien entretenir les

---

(1) CHRISTOPHE D'ARTA, chap. XXV.
(2) ID., chap. XXII.

divers objets de sa charge, une diligence
merveilleuse, inspirée par son amour de la
pauvreté. Il faisait servir le plus longtemps
possible les ustensiles, les raccommodait
avec soin. Ce réfectoire où il vivait d'union
avec son Dieu était pour lui un paradis,
il s'y entretenait familièrement avec la
Reine des anges. L'image de la très sainte
Vierge était placée au-dessus de la porte
d'entrée.

Or, un jour, aux heures les plus chaudes,
tandis que chacun reposait dans le couvent,
un Religieux ouvrit doucement la porte du
jardin donnant dans le réfectoire. Pascal était
là, ravi, les yeux fixés sur sa bien-aimée
Madone, allant et venant, comme hors de
lui-même et transporté par une dévotion
qui s'exhalait de sa bouche en accents péné-
trants. Il s'aperçut de l'entrée de son visiteur et craignant d'avoir été surpris, il lui
dit avec douceur :

« Je crois, mon Frère, que vous ne trouverez pas ici ce que vous cherchez (1). »

C'était de MARIE qu'il apprenait à pratiquer si héroïquement la pauvreté et la mortification. Il souffrait quand on traitait de
minuties ses petites attentions, se rappelant
le compte rigoureux que DIEU demanderait
au Frère Mineur. Rien ne lui causait au
contraire une plus douce consolation que la
vue de l'empressement avec lequel ses Frères servaient la très haute Dame de saint
FRANÇOIS.

Le Fr. Jean Valera n'ayant pu trouver de
fil, raccommodait avec quelques brins de
laine des vêtements de toile. Le saint vint
à passer et le surprit dans ce travail. Ravi
aussitôt, il s'écria avec joie qu'il le tenait
pour un vrai fils du Père Séraphique.

Il avait coutume de dire que sans l'amour
de la pauvreté, un Frère Mineur ne saurait

(1) *Chroniques de saint François,* chap. VI.

supporter les misères de son état et il ajoutait :

« Non seulement nous devons supporter la misère, mais le Religieux vraiment pauvre doit dépouiller son âme du désir de la dévotion et des consolations. »

Ce qu'il enseignait avec une telle perfection, il le pratiquait non moins rigoureusement. En quelque couvent qu'il se trouvât, il s'arrangeait de manière à avoir la chambre la plus misérable, les meubles les plus usés. Pénétrer dans sa cellule, que nul n'avait pu habiter avant lui tant elle était incommode, c'était recevoir une haute leçon de pauvreté. Quelques planches pour lit, la plus vieille couverture du couvent pour le réchauffer, un morceau de bois de trois palmes, servant tout à la fois d'oreiller et de siège, une grossière croix de bois et une image de MARIE suspendus au mur, dans un coin quelques vieilles sandales, à côté de là les morceaux

dont il se servait pour les raccommoder. Son
Rosaire même était fait de grains divers par
la couleur et la grosseur (1).

On ne put jamais lui faire prendre un vêtement neuf, bien qu'alors, pour satisfaire une
pieuse coutume, les Gardiens obligeassent
parfois leurs Religieux à en accepter et à
laisser le leur aux dévots de saint FRANÇOIS
qui désiraient se faire ensevelir avec la bure
séraphique. Cet usage basé sur une foi profonde était très général en Espagne. Mais
Pascal, industrieux dans son amour pour la
vertu chère à saint FRANÇOIS, sut échapper à
la coutume. Il prenait au contraire ce que les
autres jetaient, ce qu'il y avait de plus vieux,
et le raccommodait de son mieux. Il lui
suffisait que son corps fût couvert, l'habit
finissait par n'avoir plus rien de son ancienne
étoffe et c'était alors que l'humilité et la

---

(1) P. CHRISTOPHE D'ARTA, chap. xxviii. —
Chroniques de saint François, chap. xxiii.

mortification de Pascal se réjouissait davantage.

Son manteau avait reçu tant de pièces qu'il
était devenu d'un poids intolérable. Le Gardien eut pitié de Pascal et lui ordonna d'en
prendre une autre. Obéissant toujours, le
saint se soumit, mais les efforts qu'il faisait
pour cacher sa douleur émurent le Supérieur qui lui permit de garder son trésor
de pauvreté (1).

Notre aimable saint alliait la mortification
à la pauvreté. Pendant dix-huit ans il porta
le même caleçon. Il avait dû tant de fois y
ajouter des pièces de toile ou de laine, car
Pascal n'était pas difficile, que ce vêtement
tenait droit sur le sol comme une pièce de
bois. On devine quelles souffrances il devait
causer à Pascal, d'autant plus que lorsqu'il
le lavait, craignant qu'on ne l'aperçût et

(1) P. Christophe d'Arta, chap. xviii. —
Auréole Séraphique.

qu'on ne le forçât à y renoncer, il le revêtait la plupart du temps, encore tout humide et froid.

Rencontrait-il dans le couvent ou sur la route quelques morceaux de fil pouvant encore servir, quelque aiguille épointée qu'il aiguisait ensuite, il se hâtait de les recueillir en usant pour le raccommodage des vieilles sandales.

Partout où il passait, Pascal se montrait le gardien vigilant de la pauvreté, prêt à soutenir le combat pour sa défense.

Le Provincial reçut un jour en aumône une zimarre de satin, il voulut en faire un ornement pour l'église, mais s'apercevant que l'étoffe serait insuffisante il dit à Pascal de prier le Syndic d'acheter la quantité nécessaire.

En recevant cet ordre le saint s'arrêta interdit. Puis tombant à genoux devant son Supérieur, il lui dit humblement :

« Mon Père, avez-vous réfléchi à ce que

vous me demandez ? Ne craignez-vous pas
que cet achat ne blesse la très haute pauvreté
de saint FRANÇOIS ? »

Le Provincial était un homme de DIEU,
il comprit que le ciel lui parlait par la bouche de Pascal et le remercia en lui disant :

« Allez en paix, mon Frère, nous n'en
ferons rien (1). »

Un mot suffisait à Pascal pour faire rentrer
en eux-mêmes ceux qu'il trouvait en négligence. Il vit un jour le lampiste jeter à terre
quelques gouttes d'huile sans avoir l'air d'en
faire cas. Aussitôt le saint vint à lui, et lui
demanda :

« Mon Frère, êtes-vous pauvre ? »

Ces seules paroles firent rentrer le Religieux en lui-même et lui apprirent mieux
qu'un sermon, le prix de la très haute pauvreté (2).

(1) P. CHRISTOPHE D'ARTA, chap. XVIII.
(2) ID., id. — *Chroniques de saint François*,
chap. XXIII.

Délicat, Pascal veillait lui-même à ce que les lampes n'eussent pas de trop grosses mêches et ne consommassent pas trop d'huile .

Nous l'avons dit, la pauvreté était pour Pascal un moyen de se mortifier. Ses infirmités ni ses maladies ne pouvaient ralentir ses austérités. Lorsqu'il souffrait de la fièvre quarte, un Religieux voyant son extrême faiblesse, l'engagea à relâcher quelque peu ses rigueurs.

« Sachez, mon Frère, lui dit le malade, que je souffre de cette fièvre, moins par une cause naturelle que par la volonté de DIEU qui m'en délivrera quand il lui plaira (1). »

Notre saint ne donnait à son corps qu'un temps de repos bien court. Il dormait à peine trois heures dans une position si gênante, qu'il ne pouvait y éprouver aucun délassement.

(1) P. CHRISTOPHE D'ARTA, chap. xx. — *Chroniques de saint François*, chap. xxiv.

Même lorsqu'il habitait le couvent le plus froid de la Province il ne cessa de marcher pieds nus, se passant même de sandales, et bien que son vêtement à lui seul eût pu servir de haire, il y ajoutait de rudes cilices de fer. Lorsqu'il était obligé de diminuer le poids de ses tortures, il se contentait d'un cilice de crin auquel étaient adaptés deux fers à cheval, reposant l'un sur la poitrine, l'autre sur les épaules. Un Religieux, nommé Pierre Herrera, voulut le porter par dévotion ; mais il ne put le garder que quelques instants. Quant à Pascal, non content de le revêtir jour et nuit, il y ajoutait le poids d'une énorme chaîne de fer qui lui ceignait trois fois les reins (1).

Chaque fête était pour lui l'objet d'une préparation spéciale, mais aussi d'un redoublement de macérations et de flagellations.

(1) P. Christophe d'Arta, chap. xx. — *Chroniques de saint François,* chap. xxiv. — *Auréole Séraphique.*

En l'honneur des saints anges, il prenait la discipline pendant neuf *Miserere*.

Nous ne saurions rapporter ici les tourments par lesquels ce fidèle disciple de JÉSUS-CHRIST crucifiait son corps. Les Religieux les plus austères de la Province ne pouvaient les constater sans frémir, ni le voir apparaître au réfectoire, comme cela lui arrivait parfois, déchirant ses épaules d'épines aiguës qui pénétraient dans les chairs et faisaient couler son sang avec abondance (1).

Que dire de son abstinence ? elle étonnait les Frères qui purent s'en apercevoir, car le saint la dérobait aux regards avec une adresse incroyable.

Fr. Pierre Aranda, qui pendant sept ans se trouva à côté de lui au réfectoire, ne lui vit manger ni viande, ni poisson, ni rien de substantiel. Il se contentait de soupe et d'herbes. Pour dissimuler ses privations, il

(1) P CHRISTOPHE D'ARTA, chap. XXX.

prenait parfois un peu de viande, mais sans
y toucher ; il l'émiettait dans son assiette et
la donnait aux pauvres. Lorsqu'il était portier, profitant de sa charge, il se levait et
emportait le plat à la cuisine.

Depuis l'âge de dix ans, il jeûnait au pain
et à l'eau trois jours par semaine ; il y ajouta
les vigiles fêtées ou celles des fêtes de Notre-
Dame (1).

S'estimant indigne d'être traité comme
ses Frères, il se réservait les fruits gâtés, les
raisins tombés, les morceaux de pain dur et
noir, les miettes, même le pain moisi. Quelques-uns lui reprochaient cette manière de
faire, le traitant d'homme singulier. Pascal,
heureux de leur mépris, continuait ses
pieuses mortifications.

Aussi savait-on dans la communauté que
pour faire manger Pascal, il fallait lui présenter ce qu'il y avait de moins bon.

(1) P. Christophe d'Arta, chap. xix. — *Chro-*
niques de saint François, chap. xxiv.

Quand la générosité des bienfaiteurs aux jours de fête améliorait un peu la frugale table des Frères Mineurs, Pascal se contentait de toucher à un seul plat.

Quant au vin, pendant vingt-huit ans il n'en prit que lorsqu'il était malade et contraint par ses Supérieurs. Il y touchait alors fort peu et seulement pour ne pas désobéir (1).

Cette guerre impitoyable et sans relâche faite à son corps, conservait Pascal dans une pureté angélique qui lui assurait les prédilections de la Vierge Immaculée. Les témoins de sa vie l'ont affirmé.

Les saints excitent la rage de l'enfer. Satan mit tout en œuvre pour vaincre Pascal et lui livra de terribles combats. Notre saint recourut aux jeûnes, aux veilles, à la prière, aux mortifications, sans pouvoir désarmer son cruel ennemi. Attristé et craignant que

---

(1) P. Christophe d'Arta, chap. xix.

ses infidélités n'eussent attiré sur lui un pareil châtiment, Pascal suppliait Dieu avec
larmes, quand son Provincial, le P. Pierre
de Sena, entra à l'improviste dans sa cellule.
Il vit du premier coup d'œil le trouble de
son fils spirituel et lui en demanda paternel-
lement la cause. Pascal ne put répondre tout
d'abord, mais sachant que rien ne met aussi
bien le démon en fuite que la simple ouverture de conscience, il avoua humblement
le sujet de sa tentation disant qu'il était sur
le point de publier sa faiblesse dans tout le
couvent. Le Provincial le consola par l'exemple de saint Paul et le laissa rasséréné (1).

Pascal avait donc trouvé la meilleure arme
contre son ennemi. Il sut s'en servir et
triompher toujours dans le plus rude combat. Il obtint même une grâce spéciale pour
délivrer ceux que le démon tourmentait.
Un Religieux particulièrement affligé et

(1) P. Christophe d'Arta, chap. xix.

combattu se recommanda à ses prières et fut débarrassé entièrement.

Diego Araz, habitant de Montfort, témoigna lors du procès de notre saint, qu'après dix années de souffrances et de luttes continuelles, la prière de Pascal le délivra subitement.

L'âme de Pascal Baylon s'épura dans le combat comme l'or dans la fournaise, le dépouillement de sa volonté et de son cœur, égala sa pauvreté extérieure. Il ne parlait même jamais de ses parents et ne demanda point à les voir. Il portait une égale affection à tous les hommes, ne témoignant de préférence que pour ceux qu'il jugeait plus parfaits.

La prudence s'alliait chez lui à la charité. Étant encore à Valence et priant un soir fort tard dans l'église, il entendit un Religieux qui se donnait une sanglante discipline. Pascal sut par révélation que ce Frère était sous le coup d'une tentation diabolique et qu'il agissait avec imprudence. Il interrompit sa prière pour aller le trouver. Son approche seule mit l'ennemi en fuite ; le Religieux tenté sentit se ralentir son ardeur, il devina aussi la présence du démon à la puanteur qu'il laissait après lui. Pascal lui dit :

« Mon Frère, ne vous frappez pas ainsi. C'est une tentation du démon. Quelques coups suffisent à mâter votre chair, et cet excès ne sert qu'à vous maltraiter, vous rendre malade pour vous mener au relâchement sous prétexte de nécessité. »

Le pauvre Frère reconnut humblement son erreur et remercia Pascal de son avis charitable (1).

En maintes occasions, Pascal fit connaître la lumière merveilleuse dont DIEU le favorisa. Fr. Pierre Herrera, sans doute celui-là même qui avait voulu revêtir le cilice du

(1) P. CHRISTOPHE D'ARTA, chap. xxxii. — *Chroniques de saint François*, chap. xiv.

saint, était un homme fort savant. Il se
plaisait à entretenir l'humble Frère sur les
matières les plus abstraites et les plus élevées
des saintes Écritures et de la mystique et à
écouter les réponses que Pascal lui faisait,
employant les termes scholastiques comme
un homme rompu aux études théologiques.

Pendant le temps qu'il passa à Valence,
le saint lui indiquait souvent le sujet de ses
prédications, et plein de confiance, l'orateur
suivait les instructions de son humble Frère.
Il s'apercevait alors du fruit merveilleux qu'il
opérait dans les âmes. Aussi lorsque Pascal
venait à lui, le priant de traiter tel ou tel
mystère, il lui répondait :

« Je le ferai volontiers, mais votre Charité
devra me donner sa ferveur pour en bien
parler. »

Pascal humblement répondait :

« Croyez mon Père, que Dieu vous com-
muniquera son esprit et sa ferveur (1). »

(1) P. Christophe d'Arta, chap. xxxiv.

Bien d'autres firent l'expérience de la profonde science de l'humble Frère Mineur qui étudiait dans l'oraison à l'école de Jésus-Christ.

Le P. Jean Ximénez, ami de Pascal, voulut lui faire passer une sorte d'épreuve, et demeura plein d'admiration pour ses réponses subtiles et la facilité avec laquelle dans son langage simple il réfutait les sophismes. L'interrogateur ayant laissé à dessein passer une proposition erronée, le saint la confondit victorieusement. Le Père dut avouer que s'il était maître devant ses disciples, il devenait un simple élève auprès du serviteur de Dieu et devait se considérer comme un étudiant à l'école des saints (1).

Aidé de cette lumière céleste, Pascal entendait et lisait aisément les livres de théologie les plus abstraits. Il avait même écrit

(1) P. Christophe d'Arta, chap. xxxiv. — *Chroniques de saint François*, chap. xvii. — *Auréole Séraphique*.

deux volumes, composés soit d'extraits de ses
diverses lectures, soit de ses réflexions. Ces
manuscrits révélaient la pauvreté de celui
qui les avait composés. Ils étaient faits de
feuilles de papier de toutes formes, ramassées
ici et là par Pascal et reliées avec une étoffe
grossière et rapiécée. L'intérieur était couvert d'une petite écriture serrée, sans marges
ni alinéa. Le pieux Mineur eût craint en
travaillant pour son usage particulier, de
perdre le moindre espace et de se donner la
plus légère commodité.

Ayant souffert d'une assez grave maladie,
Pascal supplia le Gardien de brûler après sa
mort les deux misérables volumes. Mais
l'heure n'était pas encore venue pour notre
saint de goûter le repos de la patrie. Il guérit
et reprit ses humbles fonctions.

Sans doute profitant de son immobilité
forcée, ses Supérieurs prirent connaissance
des manuscrits. Ils en furent profondément
édifiés. L'évêque de Valence les ayant aper-

çus, conçut une haute estime pour celui qui les avait écrits. Il désira faire sa connaissance et posséder quelque objet lui ayant appartenu.

Le Provincial qui était alors le P. Ximénez et le Gardien du couvent, lui apportèrent un morceau de l'habit du saint. L'évêque les reçut avec enthousiasme et dit avec émotion au Provincial :

« Mon Père, que faisons-nous ? ne voyez-vous pas que les simples et les humbles ravissent le ciel. A quoi bon tant étudier? Brûlons nos livres !

— Monseigneur, Monseigneur, répondit le P. Ximénez, à nos livres n'en est pas la faute, mais à notre orgueil. C'est celui-là qu'il faut brûler !

— Ah ! mon Père, reprit le prélat en soupirant, je serais bien heureux si DIEU me faisait la grâce que cet homme privilégié par lui de tant de façons, mourût dans mon diocèse, afin que je puisse employer tout mon crédit et toutes mes forces à faire rechercher et connaître tout ce qu'il aura fait pour Dièu. »

Après la mort de Pascal, les précieux livres devinrent la propriété du P. Ximénez et du P. Jean des Anges, Visiteur de la Province.

Le saint ne les avait pas brûlés. Son humilité avait trouvé un autre moyen d'échapper à la gloire.

En effet, chaque volume portait en première page l'inscription suivante, tracée de la main de Pascal et dont il était facile de pénétrer la double entente :

« † Moi, Fr. Pascal Baylon, né à Torre Hermosa de Sainte-Marie du Jardin, j'ai écrit ce brouillon pour mon profit spirituel, et je l'ai tiré fidèlement de plusieurs livres pieux. »

On comprend aisément que la science divine de Pascal rendît sa parole merveilleusement efficace. Nul ne pouvait lui résister surtout lorsqu'au nom de la charité de Jésus-Christ, il suppliait les ennemis de se réconcilier et d'oublier leurs torts mutuels.

Le marquis de Navarre, comte d'Almenara, se trouvait à Valence quand le saint y exerçait les humbles fonctions de portier. Il venait le voir presque chaque soir, s'entretenant avec lui des choses divines, et reconnaissait que les paroles de Pascal faisait naître dans son cœur le repentir de ses fautes, le désir de changer de vie et de servir Dieu plus fidèlement; à peine avait-il quitté son humble ami qu'il aspirait à le retrouver. Il assurait que Pascal resplendissait d'une manière merveilleuse, et que cette clarté se voyait du dehors lorsque le saint était en prière dans son humble cellule, voisine de la porterie (1).

Cette lumière n'était que l'image de celle que Pascal faisait naître dans les âmes. On pouvait dire de lui à l'imitation de Notre Seigneur qu'une vertu divine s'échappait de tout son être.

(1) P. Christophe d'Arta, chap. xxxv.

CHAPITRE XIII

SCIENCE ET HUMILITÉ

Union à Dieu. — Avantages du silence. — Amour
de la Passion de Notre Seigneur.. — Discerne-
ment des esprits. — Esprit prophétique. — Un
ennemi devenu ami des Frères Mineurs. —
Doña Isabelle. — Le bon avocat du Supérieur.
— Délicatesse de conscience. — Ingénieuse
humilité. — Science infuse. — Pascal prédicateur. — L'ange de la paix. — Pascal Gardien.
— La Règle sans glose.

Pascal Baylon était tout-puissant sur les
cœurs. Où puisait-il ce don de les toucher, cette vertu modeste et simple qui sans
éclat mais avec une incroyable puissance
d'action, remuait les âmes des savants et des
pauvres ?

Les relations intimes qui existaient entre
Jésus-Eucharistie et son adorateur fidèle
nous dévoilent le secret de cette admirable

existence. Absent de corps, occupé dans les humbles travaux de sa charge, Pascal était toujours présent de cœur devant la divine Hostie, l'entourant de ses hommages et écoutant la parole de DIEU fait homme. Son oraison était donc continuelle, et bien qu'il fût fidèle à se retrouver à l'église le plus souvent possible, il n'était point d'emploi ni de lieu qui pussent l'arracher à la présence de son DIEU. Que de fois ses Frères le virent, sarclant les légumes du jardin, s'arrêter tout à coup, ravi dans une douce extase, ou lorsqu'il distribuait le pain de la communauté au réfectoire, s'élever de terre absorbé dans sa méditation ! Les voyages même lui devenaient un moyen d'alimenter sa ferveur. Il se rappelait qu'enfant, conduisant ses brebis sur les montagnes d'Aragon, il avait appris dans le silence solennel de la campagne à connaître DIEU, à converser avec lui, et que, récompensant sa ferveur, le très saint Sacrement était venu trouver dans les champs

son tendre adorateur. Ainsi l'univers devenait pour l'ancien berger un temple immense
rempli de la présence du Créateur. Il cheminait ordinairement à quelques pas de son
compagnon, tellement absorbé dans sa contemplation qu'il lui arriva parfois de se blesser en tombant. Au coucher du soleil quand
il fallait s'arrêter, le saint prenait à la hâte
le morceau de pain que lui offrait la charité
et se retirait dans la campagne pour vaquer
à l'oraison.

Était-il au couvent, et l'arrivée de quelque étranger l'obligeait-il à céder sa cellule ?
Pascal joyeux ne réclamait point un autre
abri et passait la nuit au chœur en doux
colloques avec son Bien-Aimé.

Pour être à la fois tout à DIEU et tout à
la charité, Pascal avait sagement réglé l'emploi de ses journées.

Levé pour Matines, il demeurait en prière
à l'église jusqu'à la messe et ne s'éloignait
qu'après l'action de grâces. Lorsqu'il était

portier, il servait toutes les messes qu'il pouvait sans aucun égard pour sa fatigue, et
passait de là au soin de ses pauvres.

S'il avait au contraire une charge dans
l'intérieur du couvent, il employait inva-
riablement à la prière ou au travail le temps
que les autres Religieux consacraient au
repos.

Son exactitude aux exercices de communauté était si scrupuleuse qu'étant portier, et
par conséquent souvent dérangé, il ne manquait pas de retourner prendre sa place au
chœur, lors même qu'il ne restait à réciter
qu'un *Credo.* Le Gardien dut l'engager à
s'en abstenir afin de ne pas troubler l'ordre (1).

La prière, l'oraison, telle était donc la
grande science de Pascal. C'est là, disait-il,
que je trouve le remède à tous les maux,
la consolation dans la tristesse, la force dans

(1) P. Christophe d'Arta, chap. xxviii.

17

la tribulation, la lumière dans le doute, la règle dans l'action, la patience pour supporter l'injure, la suavité contre la sécheresse, et le vrai secours dans la nécessité. Si tous savaient user de ce moyen, ils en ressentiraient les salutaires effets pour eux-mêmes et pour les autres (1). »

Notre saint ajoutait encore :

« Si dans le monde on recherche la conversation des hommes sages et doctes afin de s'instruire, combien celui qui s'entretient affectueusement et sincèrement avec Dieu acquerra de prudence, de science, de bonté, de tempérance, d'égalité d'âme ! — Ah ! certes, il ne peut errer celui qui se met à cette étude, c'est-à-dire à l'école de toutes les vertus. Celui qui s'en éloigne ne saura, au contraire, faire aucune chose bonne et parfaite. Son âme, toujours combattue, sera facilement vaincue comme une cité sans défense.

(1) P. Christophe d'Arta, chap. xxviii.

L'oraison est si nécessaire à la créature que Dieu en a fait le seul moyen de nous unir à lui et d'acquérir les vertus dont nous sommes dépourvus. Un corps sans nerfs ne peut se mouvoir, et demeure inerte, une âme sans l'oraison est incapable d'accomplir le bien (1). »

Lorsque Pascal traitait ce sujet de l'oraison, il était comme transfiguré et rempli du Saint-Esprit.

« La contemplation qui conduit à la vie unitive, disait-il, est plus facile à acquérir et allume dans l'âme un feu qui ne peut plus s'éteindre, parce qu'elle s'excerce par des aspirations et des affections.

« Pour arriver à cet état, il est nécessaire de s'appliquer à faire de continuels actes de résignation et de conformité à la volonté divine avec un entier détachement, une grande pureté et simplicité d'esprit, et un tel mépris

(1) P. Christophe d'Arta, chap. xxviii.

des choses du monde que Dieu seul paraisse exister pour notre âme.

«Ainsi dépouillée de l'amour-propre, désireuse d'être méprisée, l'âme se réjouit des injures, s'afflige des louanges et reconnaît que tout châtiment lui est dû pour ses fautes (1). »

L'Esprit-Saint qui avait spécialement protégé la naissance de Pascal, le conduisait dans la vérité, et lui enseignant la science de l'oraison, lui dévoilait les moyens de l'acquérir.

« Le silence, la mortification de la langue, disait Pascal Baylon aux jeunes Religieux, sont très importants pour obtenir la paix de l'âme, car le recueillement extérieur procure le recueillement intérieur et éloigne les distractions. Ainsi préparés, allez à Dieu avec une foi vive. Sa divine bonté est prête à nous exaucer au delà de nos désirs (2). »

(1) P. Christophe d'Arta, chap. xxviii.
(2) Id., id.

L'objet continuel de la méditation de notre saint était la vie et la Passion de JÉSUS-CHRIST. Il ne pouvait en parler sans s'émouvoir et sans sortir de lui-même, redisant avec une onction qui arrachait des larmes, le nom adorable de « JÉSUS. » Il engageait ses Frères à commencer par contempler les mystères de la divine enfance afin d'arriver progressivement à ceux de la Passion, apogée de l'amour crucifié.

Ayant entendu dire que le meilleur moyen de réciter avec fruit la station du très saint Sacrement était d'appliquer un *Pater* à la méditation de chacune des cinq plaies et du couronnement d'épines, il voulut le pratiquer, mais il lui fut presque impossible d'achever un seul *Pater* sans être absorbé et ravi dans la contemplation.

Pour stimuler son esprit, il lisait avec discrétion quelques livres destinés, non à repaître son intelligence, mais à entretenir sa dévotion.

Mais lorsqu'il voyait des prédicateurs trop attachés à l'étude, il leur disait que le vrai moyen de porter du fruit dans les âmes, était de s'instruire dans l'oraison, plus que dans la culture des lettres. « Cette étude, en effet, leur déclarait-il, sert bien plus à la vanité qu'à l'édification et à l'instruction (1). »

Quand l'humble Mineur sortait de ces divines contemplations où son DIEU communiquait si familièrement avec lui, il emportait une sorte de parfum de la divinité qui se répandait sur ceux qui l'approchaient.

Une pieuse femme de Villena, couvent où notre saint dut passer quelques années, assura qu'en le voyant elle se sentait envahir par une joie spirituelle, fruit du Saint-Esprit (2).

Il employait les lumières reçues du ciel à éclairer ses Frères. C'est ainsi qu'il avait

(1) P. CHRISTOPHE D'ARTA, chap. xxviiii.
(2) ID., chap. xxxv.

soulagé autrefois le Fr. Jean Olarte. Celui-ci étant encore Novice fut saisi d'un trouble si grand et si profond que les efforts de son Maître des Novices et du R. P. Emmanuel Rodriguez ne purent l'en délivrer. Le pauvre Frère eut l'inspiration de s'ouvrir à Pascal qui lui découvrit la cause de son mal et rendit la paix à son âme (1).

Un autre Frère, nommé Pierre Pasteur, avait dû se rendre dans sa famille pour y traiter des affaires difficiles. Retournant à son couvent il passa par Villena et s'y arrêta. Pascal s'y trouvait alors, il eut connaissance de l'arrivée du Frère, se rendit auprès de lui et, miraculeusement éclairé par DIEU, il lui redit tout ce qui s'était passé dans sa famille et lui indiqua le moyen de sortir de ses graves embarras. Le Frère surpris mais heureux, remercia le saint avec effusion (2).

(1) P. CHRISTOPHE D'ARTA, chap. XXXII.
(2) ID., id.

Ce don de pénétration des cœurs et de prophétie fut un des privilèges de Pascal. Dans la même cité de Villena, il en donna une nouvelle preuve. Parmi les bienfaiteurs du couvent se trouvait un pharmacien dont la maison était voisine. Le brave homme, dévot à saint FRANÇOIS, ne refusait rien à ses fils et leur donnait tous les remèdes qui leur étaient nécessaires. Les Religieux, touchés de sa charité, en parlaient un jour entre eux. Pascal présent à la conversation, y prenait peu de part selon son habitude, mais tout à coup il éleva la voix :

« DIEU récompensera la libéralité de cet homme en lui donnant un fils qui sera Frère Mineur. »

Les Frères se regardèrent étonnés, car de telles paroles n'étaient point ordinaires dans la bouche de cet ami du silence et de l'humilité.

Plus tard, ils virent que Pascal avait été inspiré. Le fils du pharmacien, devint un

vertueux Frère Mineur, sous le nom de
Fr. Gayard Valera (1).

Chaque couvent de la Province, entendant
parler des vertus de l'héroïque Frère Mineur, aspirait à le posséder, pour s'édifier de
ses exemples et s'assurer son intercession
près de Dieu. La vie religieuse de Pascal fut
donc une parfaite image du détachement
franciscain ; mais il était si parfaitement
abandonné au bon plaisir de Dieu, qu'en
quelque lieu qu'il fût envoyé, il trouvait
moyen de faire du bien, de fortifier et de
consoler les âmes.

Pendant qu'il se trouvait à villa d'Elche,
le couvent situé non loin de Montfort et
dédié à saint Joseph, Antoine de Fuentès,
bienfaiteur du Frère, reçut un jour sa visite
et lui confia sa peine.

« J'avais, lui dit-il, un excellent ami, presque un frère. Nos rapports journaliers étaient

(1) P. Christophe d'Arta, chap. XXXIII.

pour moi une joie et un soutien, mais cet
ami a une telle inimitié pour votre couvent,
que pour ne pas s'exposer à rencontrer chez
moi quelqu'un de vos Frères, il n'y met
plus le pied, bien que nos maisons soient
voisines. Dieu me garde pourtant de fermer
l'entrée de ma demeure aux enfants de son
serviteur François, ajouta le pauvre homme
navré.

— Rassurez-vous, lui dit charitablement
Pascal. ce que vous faites pour Dieu et saint
François vous sera rendu au centuple, et il
viendra un temps où cet homme si irrité se
changera en agneau, et poussé par sa dévotion, suivra partout nos Frères. »

Pascal ne se trompait pas. Le voisin d'Antoine de Fuentès ne tarda pas à devenir
l'ami et le meilleur bienfaiteur du couvent (1).

La prière de Pascal n'avait sans doute pas

(1) P. Christophe d'Arta, chap. xxxiii.

été étrangère à cet heureux changement. Il
sut employer les mêmes puissants moyens
près d'une noble dame Isabelle d'Exas.

Elle avait maintes fois reçu les Frères
quêteurs et satisfait à leurs demandes. Mais
le démon de la cupidité et de l'avarice cherchant à s'emparer de son cœur, lui fit prendre la résolution de ne plus rien accorder au
couvent, quelque prière qui lui fut faite.
Toutefois elle ne parla à personne de sa
décision afin de ne pas se trouver combattue.

Fort peu de temps après Pascal lui-même
se présenta chez elle. Isabelle consentit à le
recevoir, voulant profiter de l'occasion pour
faire connaître aux Frères son changement
de dispositions.

Le saint instruit par le Saint-Esprit des
projets de son ancienne bienfaitrice, vint
droit à elle, et de cette voix à laquelle nul
ne pouvait résister il lui dit simplement :

« Ma sœur, promettez-moi que, pour aucune raison, vous ne cesserez d'avoir envers nous la charité que vous nous avez déjà montrée. »

Isabelle se sentit devinée, elle fut contrainte de reconnaître l'œuvre de Dieu, et confuse de son mauvais propos, elle assura le saint qu'elle ne diminuerait en rien ses largesses vis-à-vis du couvent (1).

Les lumières divines dont Pascal était favorisé, et surtout la sainteté de sa vie lui avaient donné une telle autorité dans la Province, que les Supérieurs eux-mêmes ne craignaient pas de recourir à lui.

Le Gardien voyant combien le couvent manquait de certains éléments nécessaires, chargea Pascal d'en écrire au P. Provincial. Il espérait que l'intervention du serviteur de Dieu serait la meilleure recommandation. Le saint, obéissant, prit la feuille de papier blanc que lui remit son Supérieur et se retira dans sa cellule.

(1) P. Christophe d'Arta, liv. I.

Le P. Gardien attendait avec anxiété que Pascal lui rapportât la missive terminée. Au bout d'un certain temps, ne le voyant pas revenir, il se décide à aller le trouver et ouvre brusquement la porte de sa cellule. Mais il s'arrête sur le seuil : Pascal est à genoux devant un crucifix sa feuille de papier blanc entre les doigts, il demande à son Dieu et son Maître de l'inspirer et de lui dicter ce qu'il doit écrire.

Le Gardien profondément édifié se retira et attendit patiemment : sa cause était en bonnes mains (1).

Une autre fois, Pascal étant portier vint avertir son Supérieur que quelqu'un demandait à lui parler. Celui-ci fort occupé chercha le moyen d'éviter cette visite et finit par dire au Frère : « Répondez que je ne suis pas là. »

Pascal entendit, mais ne bougea pas.

(1) P. Christophe d'Arta, chap. xxviii. — *Chroniques de saint François*, chap. xxv.

« N'avez-vous point compris ? redit le
P. Gardien. Répondez que je ne suis pas
là. »

L'humble et simple Pascal se troubla et
répondit : « Que votre charité me pardonne,
mais ce serait faire un péché véniel et je ne
dois pas le commettre. »

Touché de sa délicatesse de conscience et
de son humilité, le Gardien se leva pour se
rendre à l'appel qui lui était fait (1).

L'étude de la divine et infinie Majesté, la
contemplation de la misère humaine faisaient
naître chez Pascal ce grand mépris de lui-
même qui était la racine de son humilité. La
seule chose en effet qui pût lui causer quelque déplaisir était de s'entendre louer. Il
mettait un soin extrême à cacher aux yeux
de ses Frères ses jeûnes et autres mortifications,
ne refusant pas la nourriture de la communauté, mais la tournānt et retournant dans son

---

(1) P. Christophe d'Arta, chap. xxvii.

assiette si ingénieusement que les Religieux qui, pour le surveiller, se mirent à ses côtés, ne purent jamais savoir s'il dînait ou faisait abstinence.

Personne ne se fût aperçu qu'il portait de si rudes cilices, si un de ses Frères, entrant dans sa cellule pour y chercher quelque objet ne les y eût découverts.

Avec le même soin d'éviter toute fausse gloire, il avait recouvert de laine la partie extérieure de la chaîne qui lui ceignait les reins et dont les anneaux fort gros se seraient vus sous l'unique vêtement qu'il portait.

Un Religieux qui avait pu examiner son humble mobilier, lui demanda comment il pouvait dormir sans jamais s'étendre puisque son lit lui interdisait cette position reposante. Le saint, heureux de rappeler son humble origine, répondit avec un sourire :

« Ne voyez-vous pas, mon Frère, qu'ayant été pâtre autrefois et ayant appris à dormir

sans commodité, je ne sens pas l'inconvénient dont vous parlez (1) ? »

Cette ingénieuse humilité lui faisait choisir partout la dernière place. Lorsqu'il était
en quête, il n'acceptait pas généralement le
siège qui lui était offert, il le laissait à son
compagnon et allait s'asseoir dans le lieu le
plus humble.

Ce maintien modeste n'était pas une recherche, mais le fruit de la grande vertu de Pascal et de son mépris de lui-même puisé dans
l'oraison. Ainsi l'entendaient ceux qui
avaient le bonheur de le voir et de lui parler.

Lorsqu'il était quêteur dans les quartiers
populeux, si pour quelque raison, un autre
Frère le remplaçait momentanément, les
pauvres gens qui aimaient Pascal, appré-
ciaient ses conseils et recevaient ses bienfaits,

---

(1) P. Christophe d'Arta, chap. xxii. — *Chro-*
niques de saint François, chap. vii.

s'inquiétaient aussitôt de son absence, et sans crainte alors de blesser son humilité, ils manifestaient toute l'admiration qu'il leur inspirait.

Plusieurs s'écrièrent :

« Puissé-je vivre assez longtemps pour être témoin de sa gloire et des honneurs que l'Église ne manquera pas de lui décerner après sa mort ! »

Non moins admirable était le soin que notre saint prenait pour cacher les dons de DIEU et la science infuse qu'il possédait. Miraculeusement enrichi de la plénitude des connaissances par l'Esprit de science et d'amour, ce fils de la pauvreté se plaisait à paraître dénué de toute capacité, et à s'exercer dans les offices les plus humiliants et les plus abjects.

Il ne put cependant se dérober entièrement aux saintes interrogations de ses Frères. L'admiration de ses contemporains nous a transmis sur ce point nombre de témoignages précieux.

18

Le P. Pierre Adam, fameux lecteur de théologie, fut arrêté par des passages des saintes Écritures demeurés obscurs pour tous.

Ce que DIEU cache aux savants et aux puissants, il le révèle aux pauvres et aux petits. L'humble Pascal, à la prière du lecteur en théologie, expliqua les textes difficiles avec une merveilleuse sûreté de doctrine.

Le P. Diego Castellon, qui fut Provincial et eut pendant quatorze ans d'étroites relations avec le saint, connaissait le trésor que possédait son Ordre. C'était près du pauvre portier qu'il venait faire éclairer tous les doutes que lui laissaient ses livres.

Le P. Pierre de Sena, également Provincial et Religieux de très grand mérite, le P. Jean de Moia qui fut Gardien et eut le bienheureux sous ses ordres, le zélé Fr. Jean Herraro et le vénérable André Hybernon, qui vécurent avec notre saint, attestent ces dons miraculeux et la perfection de vie dans laquelle se maintenait Pascal.

Le vénérable Fr. Bernardin de Corvera, qui opéra plusieurs miracles, disait que dans tout l'Ordre il n'y avait point de Religieux plus versé dans l'oraison et la science divine, que le bienheureux Pascal. Ce pieux Frère Mineur qui ne vit jamais notre saint et vivait près de Séville, était cependant, dit-on, en communion d'intelligence avec lui, par une grâce très spéciale de Dieu (1).

La grande rectitude de jugement dont il était favorisé, faisait que Pascal prenait volontiers sur lui ce qui embarrassait ou troublait ses Frères. Un jour, en sa présence, le P. Gardien chargea un Religieux d'aller mendier de la cire pour le couvent. Celui-ci s'excusa, et avoua à son Supérieur son scrupule et son embarras lorsque les bienfaiteurs du couvent, au lieu de lui remettre leur au-

(1) P. Christophe d'Arta, chap. xxvii.

mône en nature, voulaient lui donner quelque monnaie. Voyant le trouble de son âme, Pascal toujours charitable, se mit aux genoux de son Gardien et lui dit :

« Mon Père, si cela vous agrée, je ferai cette quête. »

· Le Supérieur y consentit volontiers et notre pieux mendiant, ayant trouvé une généreuse personne qui consentait à fournir la somme nécessaire, commanda la cire dont le couvent avait un besoin si urgent et pria le marchand de se faire payer par la bienfaitrice (1).

Bien souvent les Frères se plurent à mettre Pascal à l'épreuve, tâchant de l'embarrasser par une suite de questions diverses et abstraites. Toujours ils furent émerveillés de ses réponses et de sa connaissance approfondie des saints Pères.

—

(1) P. CHRISTOPHE D'ARTA, chap. XXVII. — *Chroniques de saint François,* chap. XXXIX.

Cette opinion se répandit même si bien qu'un Provincial scrupuleux, ou peut-être simplement curieux, fit venir Pascal en sa présence et pria le P. Emmanuel Rodriguez, un des meilleurs théologiens de la Province, de l'interroger.

Dès les premiers mots, l'examinateur vit à qui il avait affaire et dirigea ses questions sur les mystères les plus profonds et les plus subtils. Le protégé du Saint-Esprit répondit à tout avec franchise, netteté et une grande profondeur de doctrine. Émerveillé, le P. Emmanuel dit au Provincial et aux assistants : « Vraiment ce Frère a la science infuse. Si j'étais son Supérieur, sans aucun scrupule, je l'enverrais prêcher le saint Évangile (1). »

Est-ce à la suite de cet examen que le Gardien de Iumillà, dans le royaume de Murcie, chargea notre saint de prêcher à la commu-

---

(1) P. CHRISTOPHE D'ARTA, chap. XXXIII. — *Auréole Séraphique.*

nauté la préparation de la kalende de Noël.

Humilié d'être choisi pour un tel office, Pascal obéit cependant. L'onction divine découlait de ses lèvres en torrents de suavité qui touchaient les âmes plus qu'ils ne flattaient les oreilles, tandis que le nouveau prédicateur énumérait et commentait les prophéties qui ont trait à l'Incarnation du Verbe, parcourant toute la généalogie de l'Homme-Dieu (1).

Ce n'était pas seulement en se servant de cette science merveilleuse que Pascal faisait la conquête des âmes. La prière était son arme favorite et la charité son meilleur auxiliaire.

Un homme de Iumilla avait un ennemi. En vain cherchait-il à se venger du mal qu'il en avait reçu, Dieu semblait déjouer ses projets. L'exaspération finit par le rendre pres-

(1) P. Christophe d'Arta, chap. xxxiv. — *Chroniques de saint François*, chap. xxviii.

que fou, et l'on craignait qu'il n'en vînt à
quelque parti extrême. Le Gardien du couvent en fut informé et eut pitié de cette
pauvre âme.

Désirant l'apaiser, il lui envoya le prédicateur du couvent accompagné de Fr. Pascal,
se disant sans doute : « L'éloquence de l'un,
la prière de l'autre auront raison de ce
pauvre égaré. »

Le bon prédicateur attaqua sa difficile
mission, tâchant, à l'aide d'un grand nombre de textes et de raisonnements, d'obtenir
la pacification de ce cœur irrité. Mais loin
de se calmer, le vindicatif Espagnol semblait
plus furieux, et même sur le point de se
précipiter sur les deux Religieux qui venaient
si malencontreusement l'exhorter au pardon. La situation devenait grave. En cet
instant, on appela le Père Prédicateur qui
dut sortir un instant.

Pascal demeura seul en face de cet homme
hors de lui. Il se souvint alors du loup de

Gubbio, dompté par la voix de FRANÇOIS.
Mais ici il ne s'agit plus d'un animal féroce,
il s'agit d'une âme qui se précipite dans le
péché si elle ne renonce à sa vengeance.

Sans crainte aucune, le charitable Frère
s'approche de son terrible hôte, il lui parle
doucement de JÉSUS-CHRIST, mort sur la
croix. « Mon Frère, dit-il, pardonnez pour
l'amour de DIEU afin que DIEU vous pardonne. »

Au même moment revint le prédicateur
qui ne gardait plus aucune espérance de succès. Quelle n'est pas sa stupeur. Le terrible
Espagnol écoute doux et paisible la voix de
Pascal. Ils s'avance même vers le Père, et
d'une voix tranquille, il lui dit :

« Mon Père, je pardonne pour l'amour
de DIEU. A vous de décider quels sont mes
droits vis-à-vis de celui qui fut mon ennemi. »

Le loup était devenu agneau, la grâce
avait parlé par la bouche de Pascal, et mis
en fuite le démon de la haine. Le Père

le comprit et le confessa bien haut (1).

On devine qu'une telle succession de merveilles ait fait une profonde impression dans l'âme des Religieux. Aussi ayant perdu son Gardien, la communauté entière écrivit au Provincial pour le supplier de mettre le serviteur de Dieu à sa tête.

Le Provincial crut qu'il pouvait déférer à une demande si unanime et qui tombait sur un Religieux si digne de son choix. Pascal fut donc élu Gardien et chacun se félicita de l'avoir demandé, tant son administration douce et paternelle fit fleurir au couvent d'Iumilla la Règle séraphique (2).

Il savait exciter ses Frères au zèle dans le service de Dieu avec une prudence merveilleuse. Ayant appris que le Maître des Novices avait imposé à de jeunes Religieux des pénitences surérogatoires et de longues

(1) P. Christophe d'Arta, chap. xxxv. — *Chroniques de saint François*, chap. xxii.
(2) P. Christophe d'Arta, chap. xxvi.

heures d'oraison, il le fit venir, et l'admonesta en secret avec tant d'humilité, que ce Père reconnaissant disait à tous que les avis du saint lui avaient été d'une grande utilité.

Devenu le point de mire de tous ses frères, Pascal leur donna l'exemple de la plus grande égalité d'humeur, se faisant tout à tous, n'ayant point de scrupule de causer joyeusement avec un pauvre infirme pour le réjouir et n'étant pas, dit son biographe Christophe d'Arta, « de ces gens qui craignent de perdre DIEU en passant du soleil à l'ombre (1). »

Bien que sa vie fût tout extraordinaire, il n'aimait rien tant que la Règle et sa pratique exacte, il la défendait même contre ceux qui avaient plus d'âge que lui avec un zèle de fils tendre qui protège sa mère. C'était pour lui l'héritage de saint FRANÇOIS ; en altérer la moindre partie par une fausse

(1) P. CHRISTOPHE D'ARTA, chap. XXVI.

interprétation, lui semblait un sacrilège. Il l'avait étudiée avec tant d'amour, qu'elle ne contenait pour lui ni obstacles, ni obscurités.

Malgré cela, il en relisait presque journellement le texte ou l'exposition faite par le P. Jean Frano, et il engageait ses Religieux à l'imiter.

Trouvant sans doute que l'ouvrage du P. Frano laissait quelque peu à désirer, il aurait voulu que l'on fît un petit volume dans lequel chaque Frère Mineur pût trouver les points importants de la Règle, les explications des commentateurs et les déclarations si pleines de sagesse des Souverains Pontifes.

Trop humble et trop défiant de lui-même pour entreprendre ce travail, Pascal pria le P. Jean Ximénez, qui lui était cher et dont il connaissait la vertu et le talent, de s'en charger. Le bon Père accepta volontiers et après avoir reçu de son saint ami la substance et la direction générale de l'ouvrage,

il dota l'Ordre d'une *Exposition de la Règle*
qui est restée très estimée (1).

Pascal provoquait chez ses Frères de saintes
luttes, les engageant à éclaircir entre eux les
divers points de cette Règle qu'il avait lui-
même si bien étudiée dans l'oraison ; il leur
proposait même les cas à résoudre et joyeux
d'exciter leur zèle, il s'écriait volontiers :

« Mes Frères, voulez-vous être saints ?
Observez la Règle. »

Il attachait une telle importance à cette
exacte observation, que la fidélité à remplir
ses obligations de Frère Mineur lui semblait
la grâce la plus désirable. Un Religieux qui
l'avait en grande vénération, le priait chaque
fois qu'il le voyait, de le recommander à Dieu.
Aussitôt Pascal se mettait à genoux les mains
jointes et répétait ces seuls mots :

« Seigneur, donnez à Frère Pierre (tel était

(1) P. Christophe d'Arta, chap. xxvii. — *Chroniques de saint François*, chap. xxix. — *Auréole
Séraphique.*

le nom de ce Religieux) la grâce d'observer sa Règle (1). »

Le dégagement entier du créé et l'union parfaite avec le Créateur, fut le double caractère de l'existence du saint. Sa vie fut un miracle perpétuel et s'écoula pourtant dans une simplicité d'action jointe à une aimable humilité à la portée de chacun.

Le disciple parfait de JÉSUS-CHRIST se fit tout à tous pendant sa vie. Même après sa mort, il est encore un exemple pour les âmes qui aspirent à la perfection.

En le donnant pour patron aux dévots de l'Eucharistie, Léon XIII a fait de Pascal un modèle qui dit à tous les chrétiens en leur montrant le tabernacle :

« Imitez le Sauveur qui, dans son très saint Sacrement, est doux et humble de cœur. »

(1) P. CHRISTOPHE D'ARTA, chap. XXVII. — *Chroniques de saint François*, chap. XXIX. — *Auréole Séraphique.*

CHAPITRE XIV

LE PROTECTEUR DE VILLAREALE

Le pain miraculeux. — La tunique rétrécie. — Le
novice éclairé. — Les puces de la conscience.
— Le portier charitable. — Le puits du couvent. — Le procès. — Guérison par le signe
de la croix. — Le messager de la bonne mort.
— Le joueur joué. — Le Chapitre. — Confiance bénie.

NOUS voici au dernier séjour de Pascal
sur la terre. L'Esprit d'amour qui,
depuis sa naissance, l'emplissait de ses feux
et l'attirait à lui, agissait de plus en plus
irrésistiblement sur son âme innocente où
la grâce ne rencontrait nul obstacle.

Pascal soupirait après la patrie, après
l'union divine avec son Bien-Aimé ; il ne se
plaisait qu'au pied du Tabernacle ; l'obéissance et la charité étaient seules capables de
l'en arracher.

Plus près du ciel, plus environné des merveilles divines, Pascal participait au don de DIEU : il était l'image resplendissante de la simplicité dans la vérité.

Ce fut le P. Ximénez qui l'emmena au couvent de Notre-Dame du Rosaire. Passant à Xatiba où le saint se trouvait alors, le Père, qui était devenu un célèbre prédicateur, fit de chaudes instances près du Gardien, le P. Antonio Alvero, afin d'obtenir qu'on lui donnât Pascal comme compagnon de route, et qu'il pût se rendre avec lui à Villareale où il devait prêcher le carême. Ce fut un grand sacrifice pour les Religieux de Xatiba qui ne consentirent qu'avec peine à se priver de la présence d'un si édifiant Religieux. Cependant le P. Ximénez l'emporta. Notre-Dame de Lorette avait accueilli Pascal à son entrée dans l'Ordre. Notre-Dame du Rosaire devait protéger les derniers jours de son fils bien-aimé.

Quant au bienheureux Frère, il accepta

avec douceur ce changement de résidence, trouvant même une intime consolation dans la pensée d'habiter désormais sous le vocable de son Immaculée Mère.

Le P. Ximénez, tout heureux de son succès, se mit en route avec son ami. Ils n'avaient pas marché longtemps et gravissaient la colline qui précède Enovas, quand ils rencontrèrent un Religieux d'un autre Ordre qui portait avec fatigue une énorme besace.

Pascal avait entrepris ce voyage malgré des accès de fièvre quarte qui le fatigaient grandement et épuisaient ses forces.

Malgré cela, la vue du pauvre Frère, pesamment chargé, excite sa compassion ; il court à lui, enlève sa besace et la place sur ses épaules. Le P. Jean Ximénez n'avait pu prévenir Pascal dans l'élan de sa charité, mais il ne voulut pas lui laisser la fatigue d'une telle charge et, malgré les récriminations du saint, il obtint de porter la pauvre besace. Pascal ne se tint pas pour battu. Se

retournant vers le Religieux que cette sainte
lutte avait profondément édifié, il lui dit :

« Votre manteau est bien pesant, et doit
vous rendre la marche pénible, permettez-
moi de vous en décharger. »

Ce disant, il prit pour lui-même ce nouveau fardeau.

Dans le même temps, aux portes de la
ville d'Alzira, les deux voyageurs aperçurent
un petit garçon tout en larmes. Notre Seigneur aimait les enfants, à cause de leur
innocence. L'angélique Pascal avait aussi un
attrait spécial pour les petits. Il s'approcha
donc du jeune désolé et apprit la cause de
son chagrin. La bête qu'il conduisait était
tombée avec sa charge dans un bourbier
voisin.

La charité donne des ailes à Pascal, il
court, sans penser qu'un bain glacial rendra
plus ardente la fièvre qui le dévore, il des-
cend dans l'eau bourbeuse et saisit le pauvre
animal. Aidé par le ciel, il put le faire sortir

sain et sauf. L'enfant joyeux sécha ses larmes, et Pascal, les vêtements inondés, couverts de boue, mais le cœur joyeux, continua
sa route.

Portier et quêteur à Villareale, il accomplissait ces deux charges avec une grande paix,
reflet de la joie intime de son âme. Ayant, par
le fait même, des rapports avec tous les Frères
et avec les étrangers, il leur montrait toujours
un visage égal et les servait avec amour et
patience, alors même qu'il avait à endurer
les rudesses de quelques-uns. Il ne sortait de
ce repos céleste que pour chanter avec effusion les louanges de DIEU. Il se rappelait le
conseil de saint FRANÇOIS disant que les *Laïcs*
doivent être comme les *mères* de leurs
Frères (1).

Quelle mère fut jamais plus attentive, plus
prévoyante, plus oublieuse d'elle-même que
notre Pascal soignant les membres de la com-

(1) P. CHRISTOPHE D'ARTA, chap. XIX.

munauté ! Il savait du reste que ceux qui
portent la parole de DIEU ont besoin d'entretenir leurs forces pour se consacrer au salut
des âmes. Le P. Jean Ximénez qui vivait
avec Pascal dans une si sainte intimité,
raconte qu'étant un jour arrivé en retard
au couvent, le saint le suivit au réfectoire,
pour s'assurer qu'il y trouverait quelque
nourriture. Au grand étonnement du P. Ximénez, il déposa devant lui un pain d'une
merveilleuse blancheur et comme il n'était
point coutume d'en faire dans le pays.

« Quel est ce pain ? demanda le prédicateur.

— Mangez, mon Père, vous qui vous fati-
guez tant pour le service de DIEU, lui répondit Pascal, et que cela vous soutienne (1). »

Le Père obéit, et déclara qu'il n'avait
jamais goûté un pain qui eût une saveur
aussi délicieuse. Sentant sa fatigue disparaître,

(1) *Chroniques de saint François*, chap. VI.

il comprit que le pain de Pascal n'était pas
entièrement terrestre et regretta de n'en
avoir pas conservé quelque morceau.

Notre aimable saint profitait de ses rapports avec les fidèles pour les exciter à ne
négliger aucun des trésors de l'Église et à
gagner les indulgences, spécialement celles
du jubilé.

Il savait si bien que la vraie piété n'admet
point un front sévère mais bénin, que son
oraison jaculatoire était : « Mon DIEU, faites
que je sois gai, doux, affable et respec-
tueux ! »

Cet amant de la pauvreté eut à supporter
une dure épreuve. Son habit était devenu
si informe que le Gardien ne crut pas pouvoir le lui laisser porter, par respect pour le
caractère religieux. Il lui ordonna d'en prendre un neuf.

Pascal obéit plus humilié qu'on ne pourrait le croire. Peu après, il sut qu'un Religieux avait besoin d'étoffe, et en tailla pour

lui dans les deux côtés de sa tunique si bien
qu'il réduisit celle-ci à n'être qu'une espèce
de sac tellement étroit que le saint ne pouvait allonger le pas. Bien des séculiers riaient
d'un tel accoutrement ; mais notre Pascal
redevenu à l'aise dans ces livrées de la pauvreté, cheminait heureux et souriant (1).

Ses exemples le rendirent bien vite cher à
la communauté de Villareale dont il était
l'ange protecteur. Un Novice, Fr. Jean Rodriguez, fortement tenté, crut pouvoir trouver dans les déserts et la solitude une vie
plus parfaite. Le Maître des Novices et le
P. Gardien essayèrent en vain de lui dévoiler la ruse de Satan, le jeune homme persista
dans son propos et résolut de quitter le
couvent. Il voulut auparavant saluer Pascal
qui, en ayant eu la permission, venait à sa
rencontre. Le Novice lui avoua la raison de
son départ, mais le saint lui fit comprendre

(1) P. CHRISTOPHE D'ARTA, chap. XVIII.

son erreur avec des paroles si persuasives, des exemples si convainquants, que le pauvre égaré, retrouvant la lumière, renonça au projet conçu et persévéra saintement dans l'Ordre (1).

. Cette sûreté de vues en matières spirituelles était un des dons de Pascal. Il savait parfaitement démêler les justes inquiétudes de conscience des scrupules. Il appelait ceux-ci les « puces de la conscience » parce que lorsqu'ils s'emparent d'une âme ils ne lui laissent aucun repos (2).

Là où passait le saint portier, les pauvres affluaient attirés par sa charité ; il furent bientôt si nombreux au couvent de Villareale qu'en une année de disette, le P. Gardien enjoignit à Pascal de ne faire l'aumône qu'à l'heure de midi, au moment de la distribution de la soupe : « Je crains, lui dit-il, que

(1) P. Christophe d'Arta, chap. xxxv.
(2) *Chroniques de saint François.*

de trop larges aumônes mécontentent les habitants de la cité qui se privent eux-mêmes pour nous venir en aide. »

L'obéissant Pascal se conforma d'abord à l'ordre reçu, mais ne pouvant supporter plus longtemps de renvoyer sans secours les malheureux qui se présentaient, il alla trouver son Gardien et laissa parler l'ardeur de sa charité.

L'amour l'emporta sur la prudence. Le Supérieur vaincu, dit au portier :

« DIEU soit avec vous, Frère Pascal ; donnez aux pauvres tout ce que nous avons dans la maison et aux heures qu'il vous plaira (1). »

DIEU voulut récompenser la confiance du Gardien. Un des graves inconvénients du couvent était de manquer d'eau. Il fut résolu que pour y rémédier, on creuserait un puits profond. Cette entreprise exigeait des ressources, et les Fils de saint FRANÇOIS ne

(1) P. CHRISTOPHE D'ARTA, chap. XXV.

comptaient que sur la Providence et les dons
de quelques bienfaiteurs. L'expertise démon-
tra que les ressources offertes resteraient bien
au-dessous de la dépense, et le projet était
sur le point d'être abandonné, quand Pascal
alla trouver le Gardien et l'assura que Dieu
pourvoirait à tout, que l'argent réuni dans
les mains du Syndic, suffirait amplement.
On eut confiance dans la parole du saint,
le puits fut creusé comme l'avait dit Pascal,
sans qu'on eût la moindre inquiétude finan-
cière (1).

Mais ce n'est pas le couvent seulement
qui bénéficiait de la présence de Pascal, la
cité de Villareale en ressentit aussi les heureux effets. La municipalité de cette ville
avait un procès avec celle de Valence devant
le conseil d'Aragon. Les notables choisirent
pour les représenter près de leurs juges un

(1) P. Christophe d'Arta, chap. xxiv. — *Chroniques de saint François,* chap. xvi.

homme docte et pieux, D. Jean Iorda. Le messager ne voulut point s'éloigner sans recommander à Pascal le succès de son voyage, d'autant que sa santé délicate ne lui semblait pas capable de supporter de telles fatigues. Pascal le reçut avec un visage joyeux et le rassura disant : « Allez, mon Frère, allez, vous viendrez avec plus de santé et d'allégresse. »

En effet, ayant eu gain de cause, le député de Villareale revint heureux et bien portant (1).

C'était à l'aide du signe de la croix que Pascal opérait les merveilles qui enchaînait les foules à ses pas ; il y avait toujours eu une singulière dévotion et s'en servit pour lui-même. Il lui était venu sous le bras une grosseur, très douloureuse, qui l'empêchait de se mouvoir. Le saint se laissa d'abord soigner par obéissance, mais les remèdes ne

(1) P. Christophe d'Arta, chap. XXXIII.

produisaient aucun effet. Pascal, voyant leur
inutilité, fit le signe de la croix sur cette grosseur en prononçant les noms de Jésus et de
Marie, aussitôt elle s'ouvrit et le délivra de
son terrible mal (1).

. C'est de la même façon qu'il guérit la fille
de Françoise Marco. Cette enfant, âgée de
six ans, souffrait de glandes au cou, dont
aucun remède n'avait pu la débarrasser. La
mère, qui avait foi dans la puissance du serviteur de Dieu, vint lui conter sa peine.
Pascal fut touché de la douleur de la pauvre
femme. « Amenez-moi votre enfant, lui dit-
il. » Françoise se hâta d'obéir. La petite fille
fut présentée au saint qui se contenta de lui
faire un signe de croix sur le cou et la laissa
complètement et pour jamais guérie (2).

Les enfants avaient un droit spécial à l'intercession du pieux Frère Mineur. Il les ai-

(1) P. Christophe d'Arta, chap. xxxi.
(2) Id., id.

mait, avons-nous dit, à cause de leur innocence, et les mères devinant cette prédilection,
recouraient à lui avec une pleine confiance.

Un jour qu'il faisait la quête, Pascal entra
chez dame Lianzola, et la trouva tout en larmes. Il s'informa du sujet de sa douleur et
apprit que sa petite fille, Paule, âgée de trois
ans, avait un mal incurable et d'horribles
scrofules.

Le saint ne la quitta pas sans laisser tomber
sur la maison un rayon d'espoir. « Conso-
lez-vous, ma sœur, lui dit-il, ne vous affli-
gez pas, recommandez votre fille à Dieu et
espérez qu'elle guérira. » Dame Lianzola ne
douta pas des paroles de l'humble quêteur
et guetta son passage. Le lendemain, Pascal
entra, demanda l'enfant, fit ôter les banda-
ges qui recouvraient ses plaies et les signa
trois fois de la croix disant : « La grâce du
Père, du Fils, et du Saint-Esprit soit avec
vous. Amen. Jésus, Marie. » Puis il recommanda à la mère et à li fille de ne plus faire

aucun remède et de ne pas parler de sa visite. Quatre jours plus tard, Paule était complètement guérie de ce mal incurable.

Sa mère eut dès lors une telle foi dans les prières de Pascal, que menacée de perdre la vue, elle recourut au saint qui la délivra encore par le signe de la croix (1).

Une autre mère de Villareale fut favorisée d'un prodige non moins évident. Sa fille perdit un œil. Aussitôt la mère désolée n'eut qu'une pensée : voler au couvent, supplier Pascal d'avoir pitié d'elle. Elle saisit son enfant, court plutôt qu'elle ne marche, appelle Pascal avec une foi qui rappelle celle de Madeleine au tombeau de Lazare et, tandis qu'elle tombait à genoux, de son cœur de mère s'élève ce cri : « Frère Pascal, si vous le vouliez, ma fille serait guérie. »

L'humilité de Pascal se refusait à faire le miracle qui lui était si ouvertement deman-

---

(1) *Chroniques de saint François*, chap. xix. — P. Christophe d'Arta, chap. xxxi.

dé, mais sa charité trouva un ingénieux
moyen de ne pas refuser. Il dit à la fillette de
dire « Jésus, *Sancta Maria,* » en faisant elle-
même trois fois sur son œil le signe de la
croix. L'enfant obéit et s'en retourna guérie. Dieu voulut éprouver la foi de Catherine, car peu de jours après le mal revint si
terrible que le chirurgien avait résolu de
mettre un cautère au cou de la petite infirme.
La mère court encore à Pascal pour lui reprocher d'avoir suspendu le prodige accordé
d'abord à son enfant. Mais le saint la ras-
sure :

« Votre fille est guérie et bien guérie, »
dit-il.

Nouveau miracle ! le lendemain quand le
chirurgien se présente avec ses instruments
de torture, l'enfant est saine, sans aucune
trace de son mal. Et cette fois la guérison
fut durable (1).

(1) P. Christophe d'Arta, chap. xxxi. — *Chroniques de saint François,* chap. xvi.

On finit par savoir si bien dans Villareale quelle vertu avait ce signe de la croix fait par le saint, que les malades se précipitaient vers lui pour le supplier de le tracer sur leurs corps.

Jacques Marqueza entendant passer Pascal qui faisait la quête, le supplia d'entrer chez lui et de le guérir par le signe miraculeux, d'une douleur de côté qui le torturait. Vaincu par ses instances, Pascal y consentit et le soulagea instantanément. Au bout de quelques jours, le mal disparut radicalement (1).

Ayant eu sans doute connaissance de cette guérison, une pauvre femme, Jérômyne Iorda, qui était en proie à d'atroces rages de dents, se promit de recourir au même remède. Elle voit venir Pascal, humblement chargé de sa besace, et dans son violent désir d'échapper au mal qui la torture, elle dit :

« Frère, oh ! Frère, ne refusez pas de me

—————

(1) P. Christophe d'Arta, chap. xxxi.

guérir et tracez sur ma joue le signe du salut comme vous le faites pour d'autres.

— C'est à DIEU qu'il faut demander votre soulagement, » dit le saint, faisant mine de se retirer.

Mais la douleur de la pauvre Jérômyne lui donnait courage ; voyant le refus du saint, elle saisit sa main, et la conduisant elle-même de force, elle obtient le signe désiré. Sa foi ne fut pas vaine et sa délivrance fut complète.

Après la mort de Pascal, ayant eu de nouvelles crises du même mal, elle se rappela que son rosaire avait été touché par le saint et l'appliquant sur la partie douloureuse, elle obtint encore un soulagement immédiat (1).

Il n'était pas de famille à Villareale qui ne dut son repos et sa joie au saint Frère Mineur. Sa compassion n'était refusée à personne. Une pauvre femme, réduite à la misère, était au désespoir parce qu'elle ne

(1) P. CHRISTOPHE D'ARTA, chap. XXIX.

pouvait nourrir l'enfant qui venait de naître.
Pascal eut connaissance de sa peine et lui dit :

« Ayez la foi, ma sœur, courage. Dieu
vous aidera. »

Ces seules paroles rendirent à la malheureuse femme les forces, la santé, et lui permi-
rent de nourrir son fils (1).

Une autre femme, nommée Isabelle, avait
perdu tous ses enfants, que son lait empoi-
sonnait. Assise sur le pas de sa porte, elle
tenait dans ses bras le dernier qui lui restait,
et qui agonisait déjà. La pauvre mère vit
approcher Pascal. Le cœur navré elle tendit
vers le saint l'enfant, son espoir, et d'une
voix déchirante, elle s'écria :

« Frère Pascal, demandez à Dieu de guérir mon fils.

— Je ne le ferai pas, dit le saint dont le
regard pénétrait les desseins de Dieu et
voyait les anges prêts à recevoir la petite

_____

(1) P. Christophe d'Arta, chap. xxix.

âme de l'enfant, laissez-le aller en paradis. »

La mère courba la tête et quelques minutes après le petit garçon prit son vol pour la patrie. Toutefois Pascal n'abandonna pas la malheureuse Isabelle. Après la mort de son enfant, elle avait recueilli un petit orphelin qu'elle nourrissait et élevait malgré les douleurs atroces que lui causait son mal. Sur le conseil de Jeanne Trullench, guérie autrefois par le saint, Isabelle s'adressa à Pascal. Le bon Frère voulut la consoler et lui dit :

« Confiance en DIEU, ma sœur, vous serez bientôt guérie. »

Quelques jours après sans avoir fait usage d'aucun remède, Isabelle se trouva bien portante (1).

Bien plus triste était la position d'une autre femme. Pendant que son mari était

---

(1) *Chroniques de saint François*, chap. xx. — P. Christophe d'Arta, chap. xxix.

absent, Isabelle Pallarès négligea de veiller
attentivement sur son fils âgé de deux ans.
Sans doute elle s'éloigna de la maison pour
faire quelque conversation avec ses amies.
Son incurie fut cruellement punie. Le pauvre petit trébucha, et n'ayant personne pour
le secourir tomba sur une colonne. Cette
chute lui fit à la tête une blessure si profonde que le chirurgien, appelé en toute
hâte, déclara que l'enfant était perdu. Pour
Isabelle, au désespoir, au chagrin de perdre
son fils unique, se joint la crainte que son
mari, qui aime tendrement cet enfant, ne
l'accuse de ce malheur et ne le lui fasse
chèrement payer. Dans son angoisse, la malheureuse mère supplie DIEU de la faire mourir de suite. Pascal survient alors. Ses paroles
suaves et douces apaisent les excès de la peine
maternelle. En le voyant, Isabelle se raccro-
che à une dernière espérance. Le saint est
venu lui-même la trouver ; c'est qu'il veut,
qu'il peut la sauver. Elle s'écrie donc :

« Frère Pascal, demandez à DIEU de faire
vivre mon fils au moins un an, afin que son
père ne m'accuse pas de sa mort.

— Sœur, répond le saint, puisque vous
ne demandez qu'un an de vie pour votre
enfant, afin d'éviter le courroux de votre
époux, ayez confiance en DIEU, il ne mourra
pas à présent. Il guérira. »

La mère, pleine d'espoir vit en effet le
petit moribond revenir à la vie. Sa joie fut
extrême. Mais Pascal n'avait demandé à
DIEU qu'un an de vie. L'année révolue, l'enfant prit donc le chemin de la patrie. Cette
fois, Isabelle ne cacha pas sa négligence pas-
sée, et plus désireuse de glorifier le serviteur
de DIEU que de se disculper, elle publia
partout le miracle dont elle avait été l'objet (1).

Ce ne fut pas la seule famille qui dut sa paix

(1) *Chroniques de saint François*, chap. xix. —
P. CHRISTOPHE D'ARTA, chap. xxix.

et son bonheur à notre saint. Les habitants
de Villareale avaient pris une telle habitude
de recourir à lui qu'ils ne s'étonnaient presque plus de sa puissance et de sa connaissance
des pensées de chacun et de l'avenir.

Catherine Lianzola étant malade et en
grand danger, appela son fils Antoine et le
chargea de porter des cierges au couvent afin
que Fr. Pascal les mît devant l'image de MARIE
et n'oubliât pas de prier pour elle. Le petit
Antoine, triste de voir sa mère si malade et
de s'éloigner d'elle, voulut pourtant lui obéir,
et s'achemina le plus vite qu'il put vers le
couvent. Avant d'y arriver, il vit que la porte
était ouverte. Pascal Baylon l'attendait sur
le seuil et lui dit de loin : « Ne pleure pas,
mon fils, ta mère est guérie. »

Heureuse l'enfance ! le doute et le scep-
ticisme ne l'ont point effleurée. Elle croit
parce qu'elle ne sait pas mentir.

Antoine tout consolé de la parole du saint
rebroussa aussitôt chemin. La voix du ser-

viteur de Dieu le rappela. « Antoine, donne-
moi les cierges. Nous les allumerons pour
rendre grâce à Dieu de cette heureuse guérison. » Le petit garçon se hâta de faire ce
qui lui était dit et courut chez lui où il
trouva sa mère bien portante et guérie comme
le lui avait dit Pascal (1).

Une famille spécialement privilégiée fut
celle des Torella. Catherine Torella avait,
en effet, un érysipèle qui lui gonflait le
visage et le cou au point qu'elle semblait
un monstre repoussant. Pascal en avait pitié,
la visitait et venait prendre de ses nouvelles.

Un jour, la malade lui dit que depuis sept
nuits les douleurs l'empêchaient de dormir
et lui semblait telles qu'elle croyait en
mourir ?

« Non, lui dit le saint, confiez-vous à
Dieu, je vous promets, ma sœur, que vous

(1) P. Christophe d'Arta, chap. xxxii. —
Chroniques de saint François, chap. xxi. —

ne mourrez pas de ce mal. Mais je vous prie de vous confesser et d'être vigilante comme si vous deviez mourir, parce que vous voyant dans cette disposition, Dieu vous guérira plus vite. » Catherine suivit ce bon conseil et fut guérie la nuit suivante. Il ne lui resta qu'une cicatrice qui lui déformait le visage. Profitant d'une nouvelle visite du saint, elle obtint par lui d'en être délivrée.

Son frère, père d'une nombreuse famille se trouva lui aussi à toute extrémité. Pascal vit l'angoisse de tous et les rassura disant au malade : « Frère, ne vous découragez pas. Confiez-vous à Dieu. Bientôt vous serez guéri. Croyez que ces maladies nous sont envoyées par notre doux Seigneur afin que nous nous rappelions de lui. Mais soyez tranquille, il vous laissera élever vos fils. »

Catherine qui savait par expérience quelle était l'efficacité de la prière de Pascal, le supplia d'avoir pitié de son frère. Elle en eut aussi une réponse d'espérance.

« Rassurez-vous, il ne mourra pas maintenant. »

En effet, le lendemain il se leva avec tant de force et de santé qu'il ne semblait même pas avoir été souffrant.

Catherine conçut dès lors une confiance sans bornes en la parole de Pascal. Ayant appris que deux de ses amies étaient malades, elle interrogea le saint sur leur sort futur.

« Domenica vivra, lui répondit-il, mais Andréa mourra. » L'événement justifia ces paroles (1).

Ces faits racontés dans le pays excitaient la confiance générale. Agathe Martin vint comme les autres, prier Pascal d'intercéder en faveur de son mari, Jean Barrel, gravement atteint.

« La maladie suivra son cours, lui dit

(1) P. Christophe d'Arta, chap. xxviii. — *Chroniques de saint François*, chap. xvi.

Pascal, elle sera longue, mais ayez confiance votre mari guérira. » Elle s'en alla contente et vit s'accomplir la parole de Pascal (1).

Mais si Pascal annonçait infailliblement la guérison des malades que DIEU prenait en pitié, il savait combien il est important à l'âme de ne pas paraître sans préparation devant le Souverain Juge. On craint de nos jours de donner aux mourants le suprême avertissement de l'approche du grand passage. La foi a tellement diminué dans les âmes que l'on met en péril la vie éternelle des êtres les plus chers, dans la crainte d'une émotion, d'un choc compromettants pour une vie temporelle qui touche déjà à son terme.

Notre saint nous offre ici un grand exemple. Il ne craignit jamais de donner ce salutaire avertissement et DIEU a consacré cette mission en permettant que les reliques de

(1) P. CHRISTOPHE D'ARTA, chap. xxx.

saint Pascal avertissent encore ses dévots de l'approche de la mort.

C'étaient envers ceux qui lui étaient le plus cher que Pascal exerçait surtout cette mission angélique. Le Fr. Pierre Cabrellas, un des prédicateurs de la Province, était tombé gravement malade à Villareale. Pascal alla le visiter, et sur sa demande d'implorer de Dieu sa guérison, il répondit : « Oui, je le ferai, mais à quoi cela servira-t-il ? »

Ces paroles firent naître une grande anxiété dans l'esprit du malade qui en demanda ardemment l'explication. Pascal s'y refusa d'abord, mais contraint par l'obéissance, il dit au P. Gardien : « Mon Père, il faut que notre Père Prédicateur ait patience, Dieu ne veut plus qu'il monte en chaire. Il vivra quelques mois, mais il mourra de cette maladie. »

Malgré cela on conduisit le Père à Valence où il devait être mieux soigné. Pour lui, il acceptait les remèdes, mais songeait surtout à profiter de l'avertissement de S. Pascal pour bien se préparer, répondant à ceux qui cherchaient à lui donner de l'espoir : « Je ne vivrai pas, Frère Pascal me l'a dit. »

Il mourut en effet à Valence saintement préparé (1).

Un prêtre de Villareale eut la même faveur. Un léger accident l'avait contraint de se mettre au lit. Pascal passa devant sa maison, et l'ayant appris, il dit à ceux qui l'entouraient :

« Que D. Berbegal mette ordre à ses affaires et reçoive les derniers sacrements. Il y a grande urgence pour lui à s'occuper de tout cela. »

On rapporta ce propos au digne prêtre, qui reçut avec foi l'avertissement du saint, et s'endormit dans le Seigneur après avoir accompli ses devoirs (2).

---

(1) P. Christophe d'Arta, chap. xxxiii. — *Chroniques de saint François*, chap. xv.

(2) P. Christophe d'Arta, chap. xxxiii. — *Chroniques de saint François*, chap. xvi.

Une autre personne en danger de mort ne voyait pas son état, et personne autour d'elle n'osait le lui faire savoir. Pascal rencontra au même moment le docteur Bonet qui n'était point le médecin de ce malade. Le saint l'arrêta et lui dit :

« Ayez la charité d'aller chez telle personne qui est malade et de l'avertir qu'il ne lui reste que peu de temps à vivre, qu'elle doit sans retard se préparer à la mort. »

Ce docteur était sans doute un bon chrétien. Il se chargea de la commission et fit confesser le malade qui mourut dès le lendemain (1).

Un trait charmant et plein de douce malice, nous montre comment Pascal savait retirer du danger ceux qui risquaient de perdre leurs âmes.

Il connaissait un jeune homme de Villaréale et lui portait une réelle affection, dit

(1) P. CHRISTOPHE D'ARTA, chap. XXXIII.

son historien. Cet heureux ami de Pascal avait pourtant un grand défaut. C'était un joueur enragé. Ni les tendres exhortations, ni les avertissements du Frère Mineur n'avaient pu le corriger. Il promettait de s'amender et rejouait de plus belle. Un jour qu'il déplorait sa faiblesse, le saint lui dit avec une mystérieuse menace :

« Tu veux toujours jouer, joue, joue donc, tu ne gagneras jamais. »

Il sembla dès lors qu'un adversaire invisible détruisit les combinaisons savantes du malheureux joueur. Il perdait partie sur partie, et fut tellement battu, qu'à la fin, lassé de la continuelle défaite que lui avait prédit Pascal, il renonça à sa terrible passion (1).

En 1591, un an avant la mort du saint, le Chapitre de la Province se réunit à Valence. Le Gardien de Villareale était alors le P. Diego Castellon, dont nous avons déjà

(1) P. Christophe d'Arta, chap. xxxiii.

parlé plusieurs fois. Obligé par sa charge de
se rendre à cette réunion, il voulut prendre
congé de Pascal et se recommander à ses
prières. Le saint l'encouragea d'un air
joyeux :

« Oui, je prierai, dit-il. Que votre Charité aille de bonne heure au Chapitre, elle y
sera élue Définiteur et Maître des Novices
de la Province, et notre P. Jean Ximénez
sera nommé Provincial. »

Ces paroles causèrent un profond étonnement au Gardien, car il n'avait jamais exercé de
charge qui le préparât à être Maître des Novices, et quant au P. Ximénez, qui n'avait
pas encore trente ans, il n'avait pas non plus
les années de religion nécessaires pour son
élection. Croyant la chose impossible, le
P. Diego n'en parla point. Mais à Valence,
les affaires tournèrent de telle façon que la
prédiction du saint se vérifia entièrement (1).

(1) P. Christophe d'Arta, chap. xxxiii. — Chroniques de saint François, chap. xv.

L'amitié de Pascal sanctifiait ceux dont elle était l'objet. Être dans son intimité, n'était-ce pas s'approcher du Dieu dont il était le tabernacle vivant ?

On se plaisait à Villareale à venir au-devant des désirs du bon quêteur, et la charité ainsi faite ne demeurait jamais sans récompense. Pascal, finissant un jour sa tournée, vint frapper à la porte d'un de ces heureux amis, Jean Fernandez, qui lui faisait ordinairement le don d'un pain.

Mais cette fois, entendant arriver le quêteur du couvent, Jean se présenta avec une aumône double.

« Comment se fait-il, lui dit Pascal, que tu me donnes deux pains aujourd'hui ?

— J'ai moins de grains cette année, répondit le généreux chrétien, j'ai peu d'argent pour en acheter, et nous manquerons de pain moi et mes enfants d'ici la prochaine récolte. Je ne vois qu'un remède à notre misère : Doubler l'aumône afin que Dieu daigne augmenter le peu de farine qui me reste.

Le visage de Pascal rayonna, il était heureux de la foi de son ami.

« Où avez-vous mis votre farine ? lui demanda-t-il.

— Venez et voyez, » répondit la famille pressentant un miracle.

Pascal fut donc conduit au lieu où l'on conservait les quelques sacs de farine. Le saint bénit la petite provision et dit à la famille de Fernandez. « Ne vous tracassez pas en pensant que vous manquerez de blé. »

Sur ce salut plein d'espérance, le bon Frère les quitta, louant en son cœur leur charité.

La bénédiction du serviteur de Dieu multiplia la farine dans les sacs. La provision de Jean ne devait pas être suffisante pour la moitié du temps qui restait avant la moisson, mais, confiant dans la parole de son ami franciscain, il ne craignit pas d'en consommer plus que de coutume et de faire large la part des pauvres.

Jean eut raison de ne pas douter de la Providence. Sa farine n'était pas épuisée quand les épis jaunissants tombèrent sous les faucilles des moissonneurs (1).

La charité ne ruine personne, et Pascal avait voulu que son ami Jean Fernandez eût une preuve de la vérité de cet adage :

« Qui donne aux pauvres prête à Dieu. »

(1) P. Christophe d'Arta, chap. xxix.

CHAPITRE XV

L'APPEL AUX NOCES ÉTERNELLES

PENDANT LE SAINT SACRIFICE DE LA MESSE

Extase à la messe. — Révélation du jour de sa
mort. — Les adieux aux habitants de Villareale. — Un saint rendez-vous. — Le lavement
des pieds. — Pascal arrêté par la maladie. —
Le P. Diego Castellon retenu au lit de mort
de son saint ami. — Message au P. Ximénez.
— Avertissement du docteur. — Annonce de
la guérison de Jérômyne Hergueza. — Miracle
après la mort. — La bénédiction de l'ami des
pauvres.

L'EXIL de Pascal touchait à son terme, le
ciel s'inclinait chaque jour davantage
vers son Bien-Aimé ou pour mieux dire,
notre bienheureux s'élançait chaque jour
vers la béatitude éternelle. L'Esprit d'amour
embrasait son cœur de plus vives ardeurs,
et Pascal devenu plus céleste qu'humain,

n'était retenu sur la terre que par la pensée de la volonté divine.

Vienne l'heure où cette volonté qui est sa loi lui fera entendre l'appel de l'Époux, et la colombe que nul fil ne retient, que nul poids ne charge, volera vers le Cœur divin.

Des signes précurseurs, des infirmités de tous genres avaient crucifié Pascal et lui avaient fait pressentir que son pèlerinage ici-bas ne serait plus de longue durée. Il les acceptait avec sa douceur et son amabilité ordinaire, aimant beaucoup mieux attendre le soulagement de la divine Providence que des remèdes humains. Sa naïve confiance en Dieu faisait l'admiration de ceux qui avaient le privilège de le soigner.

Il n'aspirait qu'aux trésors du ciel, il dédaignait ceux de la terre et y renonçait sans aucune peine, qu'ils se nommassent joie, biens terrestres, honneurs, santé.

Lorsqu'approche l'heure de la mort, le Seigneur semble redoubler de preuves d'amour autour de ses saints, la correspondance de leurs âmes avec le ciel devient constante, DIEU leur dévoile même souvent par avance l'heure de leur trépas. Pascal reçut cette bienheureuse annonce, et sa joie fut si vive que les Religieux du couvent s'aperçurent que leur Frère venait d'obtenir du paradis quelque extraordinaire communication.

Il servait la messe avec ce respect et cette dévotion qu'il apportait à toutes les œuvres de piété, mais spécialement au saint sacrifice. Tout à coup, au moment où il prenait le missel pour le changer de côté, son visage s'illumina d'une radieuse expression de bonheur, et il éclata en transport d'allégresse (1).

Pascal quitta l'église enivré de joie, rayonnant. Ses Supérieurs, son Directeur,

---

(1) *Chroniques de saint François*, chap. XLIII. — P. CHRISTOPHE D'ARTA, liv. I, chap. I.

eurent sans doute la confidence du divin mystère. JÉSUS-EUCHARISTIE avait non seulement révélé à son bien-aimé l'heure de la délivrance, mais il lui avait promis l'union éternelle, un trône d'honneur dans ce beau paradis, objet des désirs ardents de notre saint. Il avait soupiré depuis son enfance après la patrie céleste. La palme lui était promise. Qu'on juge l'excès de la joie de cette âme d'élite, humble parmi les humbles dans cette grande armée des Mineurs. Le bas sentiment que Pascal avait de lui-même tenait toujours devant ses yeux sa misère, la rigueur des jugements de DIEU, le compte terrible que tout homme doit rendre à la mort; il se maintenait ainsi dans une sainte crainte.

Quand il reçut du ciel l'assurance de son salut, la promesse qu'il verrait, qu'il aimerait éternellement Celui dont la vue et la possession avaient été son seul bonheur ici-bas, il ne put contenir les élans de sa joie. Il éprouva le besoin de la faire partager à toute créature.

Chacun admira avec étonnement le changement qui s'opéra en lui ces derniers jours. Ce n'était plus un habitant de la terre, c'était déjà un hôte de la patrie céleste, radieux de cette allégresse qui nimbe le frent des élus.

On le vit alors se rendre à Villareale, y saluer les amis et bienfaiteurs du couvent, les embrasser avec tendresse, ce qu'il ne faisait jamais. Près de quitter cette terre, l'âme de Pascal éprouvait le besoin de dire un saint adieu à tous ceux qu'il avait aimés. Il ne voulait pas en partant les laisser inconsolables.

Au nombre de ses visites charitables fut celle qu'il fit à une pauvre malade. Celle-ci le voyant entrer chez elle se crut assurée de sa guérison et lui cria : « Venez, Frère Pascal, et demandez à Dieu de me guérir, il ne vous refuse rien.

— Non, lui répondit Pascal toujours joyeux

et souriant, ce n'est pas une bonne prière. Demandons-lui plutôt que sa volonté s'accomplisse.

— Hélas ! reprit l'infirme, n'aurez-vous point pitié de moi, voyez combien je souffre. Vous avez guéri tant de malades. Ayez compassion de ma misère.

— Taisez-vous, ma sœur, » lui dit encore le saint. Puis levant les yeux au ciel avec l'expression d'une intraduisible félicité, il ajouta :

« Avant peu, vous et moi nous ferons un grand voyage. »

La pauvre femme ne comprit pas entièrement la parole du saint, mais elle se rassura pourtant. Or Pascal était venu la visiter le lendemain ou le surlendemain de l'Ascension, et pour l'octave de cette fête la malade mourut. Quant à Pascal, il devait vivre jusqu'à la fête de la Pentecôte (1).

_____

(1) P. CHRISTOPHE D'ARTA, liv. I, chap. I. — *Chroniques de saint François*, chap. XLIII.

Les visites du saint ne furent pas la seule cause d'étonnement pour les Frères de Villareale.

Il était d'usage dans la Province, qu'en certaines occasions les Religieux fissent acte d'abaissement et de charité en se lavant les pieds les uns des autres. L'humilité de Pascal s'était opposée à ce qu'on lui rendît ce service qu'il ne perdait pas une occasion d'accomplir lui-même.

Mais le surlendemain de l'Ascension, il vint tranquillement trouver le Fr. Alphonse Camacho et le pria de lui laver les pieds à l'eau chaude.

Une telle demande était si contraire aux habitudes du saint que le Frère ne put retenir un geste de surprise.

Pascal le vit et lui dit avec une aimable simplicité :

« Ne vous étonnez pas, Frère. Peut-être je vais être bien malade, et on me donnera l'extrême-onction. Il faut bien que j'aie les pieds propres. »

Fr. Alphonse crut que Pascal plaisantait, mais il s'empressa de lui rendre le service demandé. Quelques jours après, lorsque le saint fut administré, il se rappela les paroles qu'il lui avait dite et connut que Dieu l'avait averti de sa fin prochaine (1).

Le dimanche dans l'octave de l'Ascension, Pascal était déjà souffrant, mais, toujours impitoyable pour son corps, il descendit à Villareale pour y faire la quête, et en profita pour réitérer aux uns et aux autres avec une joie toujours plus grande ses embrassements et ses témoignages d'affection.

C'était la dernière fois qu'il parcourait cette cité où il avait été pendant longtemps l'œil des aveugles, le consolateur des affligés, le soutien des pauvres, le médecin des malades, l'ange du dernier soupir des agonisants, l'ami de tous. Les habitants étaient

---

(1) P. Christophe d'Arta, liv. I, chap. 1. — Chroniques de saint François, chap. XLIII.

émus de cette insolite manière de faire. Eux-
mêmes se sentaient pressés de témoigner à
leur cher Frère quêteur leur reconnaissance
et leur amour. Ils le suivaient des yeux, reve-
naient le voir après l'avoir déjà quitté. On
eût dit vraiment des enfants qui se séparent
d'une mère tendrement aimée. Jusqu'à l'ex-
tinction des forces physiques, la charité de
Pascal avait eu son triomphe. Il avait donné
aux pauvres et aux affligés ses dernières heures de santé ; il ne lui restait plus qu'à se
placer sur la croix pour y attendre que son
Maître bien-aimé prononçât lui-même le
Consommatum est.

Il ne parla point de ses souffrances, mais
dans la nuit du dimanche au lundi il fut
saisi d'une telle fièvre et d'une si violente
douleur dans le côté, qu'il ne put quitter la
pauvre planche qui lui servait de lit.

Le matin, bien que l'heure des messes fût
sonnée, l'Église restait fermée : Pascal avait
charge de l'ouvrir, mais il ne pouvait bouger.

Un Frère, s'apercevant de son absence, vint à sa cellule s'enquérir du motif qui le retenait.

Le saint accablé par le mal et sans forces lui dit :

« Prenez les clefs, mon Frère, et ouvrez les portes, car je suis malade. »

Le Frère fut vivement inquiet. Il fallait que Pascal fût bien malade pour ne pas accomplir ponctuellement sa charge, lui que l'on avait toujours vu le premier au travail quelque souffrance qu'il eût à endurer (1).

Le premier soin du Frère fut d'avertir le P. Gardien, qui envoya immédiatement chercher le médecin et ordonna que le vénéré malade fut transporté à l'infirmerie. Voulant aussi le soulager, il lui enjoignit de remplacer son habit de laine par une chemise de toile. Ce fut un douloureux sacrifice pour ce fils de saint FRANÇOIS. Depuis sa petite enfance, il chérissait la bure

(1) P. CHRISTOPHE D'ARTA, liv. I, chap. 1. — *Chroniques de saint François*, chap. XLIII.

franciscaine, s'en dépouiller, même pour cause de maladie, lui était bien dur. Mais Pascal était avant tout un vrai obéissant. Il ne fit aucune résistance devant l'ordre formel du Gardien. Toutefois, à sa prière, la pauvre tunique fut laissée au pied de son lit afin que ses yeux pussent du moins la contempler avec amour.

Dans tout le couvent ce fut un deuil général quand on connut la maladie de Pascal. Les Frères se disputaient la joie de le soigner, de l'aider, chacun voulait s'édifier près de lui, tous craignaient que le ciel, impatient de posséder le trésor qu'il avait prêté au monde, ne rappelât cet ange terrestre.

Le P. Diego Castellon, qui avait été le Gardien de Pascal, et se trouvait alors à Villareale, en route pour Valence, fut plus ému que personne de la maladie du saint. Il alla le trouver, et connaissant à fond la sainteté éminente du serviteur de DIEU, il lui demanda :

« Que pensez-vous de votre maladie ?

— Je la crois mortelle, lui répondit Pascal avec un visage riant.

— Alors, reprit le Père, qui soupçonnait déjà la vérité, que votre charité me dise si cela se prolongera, et si ce mal ne doit pas durer longtemps je resterai ici car je veux assister à votre mort.

— En tous cas, lui avoua Pascal qui ne voulait pas trahir le secret de Dieu, ce ne sera pas fini avant samedi.

— Hélas ! s'écria le bon Père, combien je regrette de ne pouvoir attendre jusque-là. Mon voyage est important pour le bien de la Province. Il me faudra partir malgré tout. »

Pascal eut un sourire et observa :

« Votre Charité ne s'en ira pas, quand bien même elle le voudrait. »

Malgré cet avertissement, le P. Diego le quitta pour hâter ses préparatifs de départ, espérant peut-être pouvoir être de retour

avant le bienheureux trépas de son ami.
Mais il y avait à peine mis la main qu'il fut
saisi d'un tremblement général, avant-cou-
reur d'une grave maladie. Obligé de s'aliter,
il dut remettre son voyage, jusqu'à sa guérison qui s'effectua après la mort de Pascal,
vérifiant ainsi la parole du saint (1).

Le mal augmentait rapidement, mais notre
saint conservait toute sa connaissance. Il se
souvint de l'affection qui l'unissait au P. Jean
Ximénez, alors Provincial, et voulut lui envoyer un dernier adieu.

« Dites à notre P. Ximénez, recommanda-
t-il à ses infirmiers, qu'il se rappelle que je
l'ai conduit de sa patrie dans la religion de
saint FRANÇOIS (2). »

Ce fut le P. Ximénez qui, huit ans après,
composa la première vie du saint, il l'écrivit
d'après ses souvenirs et ceux d'un grand

---

(1) P. CHRISTOPHE D'ARTA, liv. I, chap. 1. —
Chroniques de saint François, chap. XLIII.

(2) P. CHRISTOPHE D'ARTA, liv. I, chap. XXVII.

nombre de Religieux qui avaient connu
Pascal.

Le médecin du couvent voyant tous ses
efforts infructueux, et n'espérant plus sauver
son malade crut devoir l'en avertir, en
disant :

« J'ai fait ce que j'ai pu pour vous, mais
Dieu est plus puissant que moi, et je crains,
mon Frère, que nous n'arrivions pas à vous
guérir.

— Je le crois aussi, lui répondit simplement Pascal.

— Vous ai-je troublé en vous disant la
vérité ? » interrogea encore le bon docteur.

Pascal ne craignait pas un tel avertissement, la joie qu'il lui causait resplendissait
dans son regard. Il reprit :

« Ce que vous m'avez dit ne me trouble
ni ne me contrarie, parce que j'arrive à
l'accomplissement de mes désirs. J'ai depuis
longtemps supplié le Seigneur de m'enlever
de cette terre, si c'était pour son service. J'es-

père qu'il me conservera jusqu'à samedi;
puis que sa divine Majesté fasse ce qu'elle
voudra (1). »

Ces paroles nous révèlent que Pascal considéra toujours comme une grâce d'être né
sous le patronage du Saint-Esprit, en la fête
de la Pentecôte; sans doute, il désirait que
la colombe du divin Amour qui avait protégé
son entrée dans le monde, abritât sous ses
ailes le dernier vol de son âme.

Cette douce acceptation de la mort avait
ému le médecin et les Religieux. Ils le furent
bien davantage en entendant le saint, malgré
les vives douleurs qui le torturaient, enton-
ner une hymne de louange et d'allégresse
pour remercier DIEU.

Pascal allait mourir, Villareale entier le
savait et devant la porte du couvent se pres-
saient tous ceux que le saint avait consolés.

(1) P. CHRISTOPHE D'ARTA, liv. II, chap. I. —
Chroniques de saint François, chap. XLVIII.

Les pères dont il avait guéri les enfants, les affamés qu'il avait nourris, pleuraient et suppliaient qu'on leur permît de voir encore une fois leur bienfaiteur, leur ami, leur père.

Les Religieux, plongés dans la douleur, ne purent refuser l'entrée de leur infirmerie, et les fidèles désolés vinrent tour à tour s'agenouiller près du lit où Pascal, dans une sorte de continuelle extase, s'entretenait avec son Dieu.

Un homme entre autres, se précipita aux pieds du saint, il venait implorer la guérison de sa femme. En effet, la pauvre Jérômyne Hergueza étant tombée d'une fenêtre et s'étant brisé la jambe, se trouvait dans un état désespéré. A peine osait-on dire qu'elle guérirait peut-être, mais alors elle serait estropiée pour toute sa vie.

Pascal entendit la prière du pauvre affligé et lui répondit : « Allez en paix, votre femme ne mourra pas et ne sera pas estropiée. »

Heureux et consolé, le mari vole à sa

maison pour donner cette bonne nouvelle
à la malade. Selon la promesse faite, Jérô·
myne alla de mieux en mieux Pascal meurt,
et notre impotente, apprenant que son corps
était exposé à l'église, se sent saisie d'une
grande espérance. S'aidant de béquilles, elle
se traîne au couvent, s'approche de la sainte
dépouille et prie avec une foi ardente. O
merveille ! elle se relève parfaitement guérie
vaillante, bien portante (1).

La procession des affligés ne cessait pas
dans la cellule de Pascal ; les pères amenaient
leurs enfants afin que le Frère les bénît. Le
médecin, qui soignait le saint avec tant de
zèle, brigua cette faveur pour son fils. Reconnaissant des moindres services, le serviteur
de DIEU reçut l'enfant avec une tendre affection, il leva sur son front sa main défaillante
et y traça le signe de la croix en disant :

« Créature de DIEU, que le Père, le Fils et

---

(1) P. CHRISTOPHE D'ARTA, liv. I, chap. XXXIII.

le Saint-Esprit te bénissent et te rendent ami des pauvres (1). »

Ces chers pauvres que Pascal avait tant aimés, il ne les oubliait pas et sur son lit de mort, son meilleur souhait était comme le résumé de sa vie.

L'ami de Jésus, qui avait passé comme lui sur la terre en faisant le bien, semblait déjà toucher sa couronne. Il avait vécu, ami des pauvres et de la pauvreté. Encore un instant et il allait s'écrier en contemplant sans voiles Celui qu'il avait adoré avec tant d'amour sous les voiles eucharistiques :

« Bienheureux les pauvres, car ils verront Dieu. »

(1) P. Christophe d'Arta, liv. I, chap. ii.

CHAPITRE XVI

ÉLÉVATION DU SAINT SACRIFICE

DERNIER SOUPIR

Le saint Viatique. — Extrême-Onction. — Pascal demande pardon à ses Frères. — Il demande comme aumône sa dernière tunique et le lieu de sa sépulture. — L'aube de la Pentecôte. — Amour pour l'habit franciscain. — La messe conventuelle. — La dernière prière d'un saint. — Le crucifix et la couronne franciscaine, dernières armes de Pascal. — Dernier soupir de l'amant de l'Eucharistie. — Un corps bienheureux. — Révélations de la gloire de Pascal. — Miracles.

L E sacrifice était prêt ; l'hostie innocente attendait sur son lit de douleur les coups mortels qui devait l'unir à la Victime eucharistique.

Pascal avait aimé son Dieu, il avait pratiqué cette charité universelle que le Christ

recommande dans l'Évangile, il fut aussi
doux envers la mort. Il l'accueillit comme
une amie longtemps désirée, comme un
trésor ardemment convoité, le glaive de
l'ange du trépas n'eut rien à briser dans
cette âme que rien n'attachait à la terre. La
voix de l'amour se fit entendre et Pascal
répondit : « Me voici. »

Il attendait lui-même patiemment cet appel suprême, offrant ses cruelles souffrances
pour l'expiation des péchés du monde. Une
image du Christ en croix reposait ses yeux.
Il y tenait le regard fixé et les plus doux
colloques s'échangeaient entre ce cœur
embrasé d'amour et le divin Prisonnier de
l'amour :

« JÉSUS ! MARIE ! » répétait-il sans cesse,
n'ayant plus d'autre pensée que les deux
dévotions qui avaient protégé sa jeunesse et
sanctifié sa vie religieuse : le très saint Sacrement et la Vierge Immaculée !

O divine Hostie ! qu'il vous aimait ce

Frère Mineur accablé par la souffrance ! Il ne voulut pas se priver de votre présence et demanda le saint Viatique (1).

Qui nous dépeindra la dernière communion de celui que le Pain des anges avait autrefois miraculeusement consolé et visité dans les plaines du royaume de Valence ? Le corps de Pascal souffrait encore des liens de ce monde, mais pour son âme, assurée de la béatitude éternelle, y avait-il des nuages que la foi et l'amour fussent impuissants à transpercer ?

Enfant innocent, il allait sans cesse tenir compagnie au divin Habitant du tabernacle. Cloué sur son grabat par l'approche de la mort, il ne pouvait plus aller à Jésus, mais Jésus venait à lui pour clore cette chaîne d'anneaux amoureux, afin que le dernier forgé sur la terre s'achevât dans l'immortel embrassement du ciel.

(1) P. Christophe d'Arta, liv. II. chap. 1.

Cette suprême consolation reçue, Pascal réclama humblement le sacrement des mourants.

Les Religieux étaient réunis au pied de son lit, l'aidant de leurs prières et se recommandant aux siennes.

Après les saintes onctions, le vrai fils de FRANÇOIS resta dans un recueillement profond; sa première parole fut une parole de pauvreté et d'humilité.

« Mon Père, dit-il au Gardien, qui suivait avec émotion les progrès du mal, je voudrais avec votre permission, demander à nos Frères pardon des nombreuses fautes que j'ai commises et du scandale que j'ai donné dans ce couvent. »

Nul ne put lui répondre, les larmes coulaient de tous les yeux.

Pascal reprit encore :

« Que votre Charité daigne me faire l'aumône du plus pauvre habit de la communauté pour me revêtir après ma mort, et d'un lieu pour ma sépulture (1). »

Puis le serviteur de DIEU fit comprendre qu'il désirait demeurer seul avec son divin Maître et s'entretenir uniquement avec lui.

La nuit se passa dans cette fervente prière et l'aube de la Pentecôte parut. C'était l'anniversaire de la naissance de Pascal, et ce devait être aussi le jour de son triomphe. Il l'accueillit avec joie car il avait toujours aimé cette fête d'une façon spéciale.

L'heure était venue d'aller au-devant de l'Époux, notre saint voulait se présenter revêtu de sa chère bure franciscaine. Il pria ses Frères de lui donner son pauvre habit rapiécé. Mais la douleur de tous était si poignante qu'ils furent incapables de satisfaire à sa demande et durent s'éloigner pour cacher leur trouble.

(1) P. CHRISTOPHE D'ARTA, liv. I, chap. 1.

Pascal, s'en apercevant, se leva lui-même, prit l'habit qu'il revêtit avec une joie indicible, et sans ressentir aucune fatigue. Heureux d'être couvert de ces livrées bien-aimées, il se recoucha tranquillement. Les Religieux de retour s'étonnèrent de le trouver ainsi et crurent que quelqu'un d'entre eux l'avait aidé; mais ils surent plus tard que le saint, dans son amour pour saint FRANÇOIS, s'était emparé tout seul de sa tunique (1).

Les voyant de nouveau autour de lui, le serviteur de DIEU leur demanda plusieurs fois :

« N'a-t-on pas encore sonné la messe conventuelle ?

— Pas encore, lui répondit-on.

— C'est que, reprit Pascal avec un visage radieux, cette cloche sonnera aussi ma délivrance.

(1) P. CHRISTOPHE D'ARTA, liv. II, chap. I. — *Chroniques de saint François*, chap. XLIII.

— Rassurez-vous, dirent les Frères tout en pleurs, elle sonnera bientôt (1). »

L'allégresse de Pascal fut à son comble. Une sainte envie se lisait sur son visage.

« Un misérable comme moi, dit-il enfin, ne mérite pas vos soins. Mon Sauveur JÉSUS-CHRIST est mort sur la croix. Faites-moi la grâce de m'étendre sur la terre nue afin que j'imite mon Père saint FRANÇOIS. »

Mais les Religieux le voyant si faible craignirent qu'il ne mourût dans leurs bras pendant qu'ils le transporteraient et crurent mieux de ne pas se rendre à ses désirs (2).

Ne pouvant obtenir ce que son humilité désirait, Pascal fixa ses regards sur le Crucifix qu'il tenait dans une de ses mains. De l'autre il saisit la couronne franciscaine et il

(1) P. CHRISTOPHE D'ARTA, liv. II, chap. 1. — *Chroniques de saint François*, chap. XLIII.
(2) ID., id. — *Id.*, id.

se mit en prières. La messe conventuelle commença.

Tout à coup la cloche de l'élévation se fit entendre ; le prêtre élevant l'hostie et le calice présenta au Père céleste la divine Victime qui s'offre pour nos péchés. Pascal, comme s'il n'eût attendu que ce moment pour s'unir à l'holocauste de Jésus-Christ, redit deux fois : « Jésus ! Jésus ! » et rendit son âme à Dieu (1). Il avait cinquante-deux ans et en avait passé vingt-huit dans la vie religieuse.

Dieu avait voulu que ce privilégié de l'Eucharistie fût uni jusque dans la mort au saint Sacrifice pour lequel il avait pratiqué une si tendre dévotion et témoigné un si religieux respect.

Pascal n'était plus ; mais chacun sentait sa protection céleste et contemplait ravi le reflet

—

(1) P. Christophe d'Arta, liv. II, chap. i. — *Chroniques de saint François*, chap. xliii.

de sainteté qui brillait sur son visage immobile. La mort n'eut pas la permission d'imprimer son horreur sur les traits de l'humble Frère Mineur, ses membres demeurèrent flexibles et son front empreint de la paix et du repos des bienheureux.

Tous se disaient au milieu de leur douleur : « Nous avons perdu un frère, un ami, un modèle, mais nous avons acquis un protecteur puissant près de Dieu. »

Le ciel voulut même témoigner la sainteté de Pascal.

Deux personnes d'une vertu éprouvée et qui vivaient fort loin l'une de l'autre étaient en prières à l'heure où le saint brisa ses liens terrestres. Elles virent l'une et l'autre une âme rayonnante de splendeur monter au ciel dans un char de feu, et il leur fut dit que c'était celle du pauvre Frère Pascal, du couvent de Villareale.

Sans s'être vues ni parlé, elles racontèrent toutes deux ce fait au P. Diego Castellon.

Heureux de ce témoignage rendu à la sainteté de son ami, le prudent Religieux fit un examen sérieux de la double révélation et conclut qu'on ne pouvait douter qu'elle vînt du ciel, car ces personnes unanimes dans leur déclaration ne s'étaient point parlé, et l'une d'elles n'avait même jamais vu Pascal (1).

Du reste, la voix du peuple vint confirmer les pensées du P. Diego, et autour du couvent le cri de « Miracle ! miracle ! » ne tarda pas à retentir.

Autant Pascal avait mis de soin à disparaître, à s'anéantir, à cacher ses bonnes œuvres, autant Dieu se plut à manifester au monde le crédit dont jouissait près de lui son bien-aimé serviteur.

A peine le bruit de sa mort se répandit-il, que non seulement les habitants de Villareale, mais ceux de tous les pays voisins se

---

(1) P. Christophe d'Arta. liv. II, chap. ii. — *Chroniques de saint François*, chap. xliii.

rendirent au couvent demandant avec instance à voir le corps de Pascal.

Selon l'usage, on l'avait exposé dans
l'église où l'on devait célébrer l'office des
défunts.

La foule des campagnes et de la ville se
précipita, pour toucher et vénérer la dépouille
mortelle de celui que tous appelaient déjà
un saint. Ces témoignages de piété filiale
touchèrent le cœur de DIEU qui voulut, pour
la gloire de son serviteur, montrer à tous de
quelle puissance il l'avait enrichi.

Nous avons déjà dit comment la pauvre
Jérômyne obtint sa guérison. Il y avait
aussi à Villareale une pieuse veuve, nommée
Isabelle d'Exea, pour laquelle Pascal avait
toujours eu une spéciale estime. Elle fut
une des premières à se rendre au couvent, et
demeura longtemps en prières ne pouvant
se résoudre à s'éloigner de celui qu'elle vénérait comme un ami de DIEU. Pendant
qu'elle était dans l'église, à genoux près du

maître-autel, elle vit approcher un homme nommé Baptiste Cebollino, née à Castello della Plana. Ce pauvre malheureux, estropié des deux jambes, ne cheminait qu'à grand' peine appuyé sur deux béquilles. Sans doute il avait reçu maintes fois les bonnes paroles ou les charitables secours de Pascal, et la reconnaissance, peut-être aussi l'espérance, l'amenait auprès de son bienfaiteur.

« Oh ! pensa tout à coup Isabelle, en voyant l'infirme, si Frère Pascal faisait le miracle de guérir cet homme, quelle merveille ne serait-ce pas ? »

Sous le coup de cette pensée elle ne quittait pas des yeux le nouveau venu et suivait attentivement tous ses mouvements.

Baptiste approchait péniblement ; on devinait sa souffrance à ses mouvements lents et incertains. Il arriva enfin près du bienheureux corps et s'inclina pour baiser une de ses mains. Tout à coup un frémissement parcourut tout son être. Isabelle qui le regardait vit comme un éclair.

Baptiste était debout, sans appui, les béquilles gisant à terre, et criant d'une voix brisée par l'émotion : « Miracle! miracle! »

Il y eut une poussée dans la foule qui remplissait l'église. L'approche du surnaturel nous cause toujours une sorte de stupeur et d'étonnement. On se pressa pour voir l'heureux Cebollino, mais lui-même, comprenant qu'il se devait à la louange de son bienfaiteur, parcourait l'église du haut en bas disant : « Voyez, j'étais infirme et incurable. J'ai touché la main de Frère Pascal et j'ai été guéri ! Venez aussi, vous qui souffrez, qui êtes malades, venez et priez, vous serez sauvés comme moi. » Dans l'excès de sa joie, Baptiste entraînait ceux qui étaient souffrants ou estropiés, près du corps de Pascal afin qu'il les guérît aussi (1).

(1) *Chroniques de saint François*, chap. XLIV. — P. CHRISTOPHE D'ARTA, liv. II, chap. II.

Et de nouveau sous les voûtes de l'église
la prière de la foule s'élevait, ardente, sup-
pliante, jusqu'à ce que de nouvelles grâces
fussent obtenues. Les cris de « Gloire à Dieu
et à son serviteur Pascal ! » retentissaient
sans cesse.

L'affluence des malades grossissait tellement, que l'église ne pouvant plus les contenir, ils devaient rester au dehors et se
loger dans toutes les campagnes avoisi-
nantes.

Les Religieux avaient grand'peine à empêcher qu'on ne dérobât quelques parties
des vêtements du saint, et ils ne purent son-
ger à procéder à la sépulture, car la foule
le rendait impossible.

Au coucher du soleil, ils firent sortir tous
ceux qui encombraient l'église, et les portes
en furent fermées (1).

Alors seulement ils purent s'approcher

(1) P. Christophe d'Arta, liv. I, chap. II.

du saint corps et donner libre cours à
l'émotion qui remplissait leurs âmes.
DIEU avait marqué cette journée par de
grandes choses. La main du Tout-Puissant
avait passé et repassé au milieu d'eux. Ils ne
pleuraient plus sur le départ de leur Frère,
tous priaient et remerciaient DIEU d'avoir
fait un tel présent à leur Ordre et d'avoir
accordé à leur couvent les reliques d'un
saint. Aucun d'eux ne doutait que l'Église
ne couronnât un jour de ce nom glorieux
l'humble Frère qu'ils venaient de perdre et
ils se disaient les uns aux autres, le cœur
ému :

« Rendons grâces au ciel qui nous a fait
toucher du doigt aujourd'hui, et comprendre mieux qu'aux autres, combien la mort
du juste est précieuse devant DIEU. »

CHAPITRE XVI

LE TRIOMPHE DES MIRACLES

Le lendemain, les Religieux de Villareale
furent fort en peine ; ils se demandaient
comment ils pourraient procéder à l'inhumation, car depuis les premières heures, la
foule attendait sur le parvis de l'église plus
nombreuse que la veille. Les malades et les
infirmes apprenant que par l'intercession de
Fr. Pascal, Dieu venait en aide à leurs maux,
étaient avides de toucher les saintes reliques,
et suppliaient, pleins de foi, qu'on les laissât
entrer. N'eût-il pas été cruel de refuser à ces

pieux infirmes la consolation qu'ils récla-
maient, et comment oser séparer, même après
la mort, le bienfaiteur des pauvres de ses
amis bien-aimés?

Le saint, si ingénieux sur la terre à trouver
le moyen de leur venir en aide, ne devait pas
être moins puissant du haut du ciel. Il fournit à ses enfants un baume miraculeux,
comme nous allons le voir.

On ouvrit les portes, et l'église fut enva-
hie. La tête, le visage et le cou du saint
étaient baignés d'une sueur limpide, subtile
et abondante qu'on ne pouvait attribuer à
nulle cause naturelle. Les assistants ne dou-
tèrent pas que ce ne fût une marque de la sainteté du Frère, un don de sa charité. Avec
une pieuse hâte, ils essuyaient cette miraculeuse sueur et la recueillaient dans de petits
linges dont l'attouchement produisit plusieurs
guérisons (1). Les témoignages du respect,

(1) P. Christophe d'Arta, lib. II, chap. II.
— *Chroniques de saint François*, chap. XLIIII.

de l'admiration, de la plus tendre dévotion
étaient rendus à la chère dépouille.

L'heure de la messe approchait, les Frères
crurent bien de chanter celle des morts devant
le corps exposé. Ce fut le sujet d'une nouvelle émotion (1). La foule crut qu'on
allait procéder à l'ensevelissement. Ceux
qui priaient ne voulurent plus abandonner
leur poste. Les fidèles qui s'en retournaient
rebroussèrent chemin, voulant contempler
une dernière fois le visage bienheureux de
Pascal ; les malades surtout redoublaient
leurs instances.

Parmi ces suppliants, on remarquait une
famille : le père, Jean-Simon, la mère et Marie
la petite fille. Ils étaient de Castellone della
Plana, comme Baptiste Cebollino, le miraculé du jour précédent, et avaient pu se
frayer un passage jusque près du lit funèbre
où reposait le bienheureux. La messe com-

---

(1) P. Christophe d'Arta, lib. II, chap. II.

mençait quand ils arrivèrent à cette place
enviée, et chacun put voir la pauvre enfant
qu'ils amenaient avec eux. Leur petite Catherine avait depuis plusieurs années des tumeurs
grosses comme un œuf au front, au bras et
au pied. Rien n'avait pu les faire disparaître.
Les hommes de l'art avait essayé de les ouvrir et n'avaient réussi qu'à former de larges
plaies internes. L'enfant souffrait horrible-
ment et ses parents n'avaient plus d'espoir
que dans le saint Frère Pascal.

Ils se mirent en prières devant le cercueil
et le père, plein de foi, supplia à haute voix
le bienheureux de mettre fin aux douleurs de
sa fille. La mère, confiante et muette, avait
découvert les plaies de Catherine et mouillant
son doigt de la sueur merveilleuse qui inon-
dait le front de Pascal, elle oignait les membres malades de son enfant. Ils n'étaient pas
encore exaucés, mais ni l'un ni l'autre ne se
décourageaient.

Le moment de l'élévation approche, pre-

mier anniversaire du dernier soupir du saint,
le prêtre présente au peuple la Victime sacrée,
l'Hostie divine ; tout à coup, Jean Simon se
lève, pâli par l'émotion. La parole se meurt
dans sa gorge, puis il s'écrie naïvement :

« Oh ! la bonne âme ! la sainte âme !
Miracle ! le Frère Pascal a ouvert les yeux. »

Ce cri jeté dans le silence général fit
tressaillir les assistants ; beaucoup se retour-
nèrent et virent Pascal saluer l'élévation du
calice par le même mouvement. Il ouvrit
les yeux et les tint fixés sur le Précieux
Sang, jusqu'à ce que la main du prêtre eût
déposé le vase sacré sur le corporal.

La foule n'eut pas le temps de crier au
miracle, car la voix de Jean s'élevant de nouveau dans l'église, vibrante de joie et d'allégresse, s'écria encore : « Frère Pascal a guéri
ma fille ! ma fille est guérie ! » Il montrait
à qui voulait la voir l'enfant dont les plaies
étaient fermées sans qu'il lui restât la moindre cicatrice. Pascal, qu'on avait connu si

passionné pour les mystères eucharistiques, était mort au moment de l'élevation, et dès le lendemain, à l'élévation du saint Sacrifice, il ouvrait les yeux et montrait sa puissance de thaumaturge. Ces prodiges causèrent une telle émotion que tout le peuple éclata en sanglots, et loua le Seigneur qui faisait de si grandes choses par les mérites de son serviteur (1).

Nul ne pouvait rétablir le silence au milieu de l'enivrement général. Le saint Sacrifice fut interrompu et ne put être continué qu'après un assez long temps.

Ce miracle constaté par un si grand nombre de témoins fut reconnu au procès de béatification.

Ceux qui avaient eu le privilège d'y assister ne cessaient de redire :

« Oui, DIEU a permis un si grand prodige

_____

(1) P. CHRISTOPHE D'ARTA, liv. II, chap. II. — *Auréole Séraphique.*

afin qu'on ne pût douter de la sainteté de
Fr. Pascal, c'est pour récompenser sa dévotion
au très saint Sacrement, qu'il lui a permis
de rendre, même après sa mort, de telles
marques de dévotion à un si auguste mystère.
Pour que nul ne puisse douter, ce miracle
s'est reproduit deux fois à l'élévation de
l'hostie et à celle du calice, et la guérison
de la fille de Jean Simon a été le sceau mis
par DIEU à de si grandes merveilles. »

DIEU réservait à son peuple fidèle une
non moins grande consolation. Les messes
n'étaient point achevées qu'on entendit à
peu de distance du monastère des lamenta-
tions, des piétinements de chevaux et des cris
d'effroi.

C'était encore une habitante de Castellone
della Plana, une pauvre fille nommée Ursula
Vincent. A l'âge de dix-sept ans, une douloureuse infirmité l'avait privée de l'usage de
ses jambes, et une tumeur qui se forma sur
le genou l'obliga à subir une terrible opé-

ration. Ce n'était pas tout. La malheureuse
infirme avait au palais une plaie maligne
qui avait envahi les narines. Plusieurs fois
on avait dû en enlever des morceaux d'os
cariés et des cartilages, et il s'était formé
une ouverture qui l'empêchait de manger et
de boire si on ne prenait soin de la lui fermer avec un petit tampon. Sa voix, on le
comprend, était devenue si faible qu'il fallait
se pencher sur elle pour l'entendre.

Dans cet état de douleur et de larmes, la
pauvre jeune fille entendit parler du miracle
opéré par Fr. Pascal en faveur d'un de ses
compatriotes, Baptiste Cebollino. Une de
ses voisines qui se rendait à cheval à Villareale pour vénérer le saint corps, passa devant sa porte, et mue par un sentiment de
charité, elle vint la saluer.

« Hélas ! dit Ursula quand elle apprit le
but de son voyage, que vous serez heureuse
de pouvoir contempler et toucher les restes de ce Fr. Pascal.' Que ne puis-je lui

demander de me guérir et de me consoler ?
Chère dame, ma voisine, n'auriez-vous pas
la charité de m'emmener avec vous au couvent de Notre-Dame du Rosaire. »

Émue de sa détresse, la pieuse femme lui
répondit :

« Vous me faites pitié. Je ne peux vous
refuser cette consolation. Je vous prendrai
donc en croupe sur ma monture, car je n'ai
pas d'autre moyen de me rendre à Villareale. »

Ursula accepta joyeuse et se mit en route
sous la protection de sa charitable voisine.
Tout alla bien jusqu'à peu de distance du
monastère. La foule y était nombreuse, le
bruit et les clameurs effrayèrent le cheval
qui se cabra et jeta la pauvre infirme par
terre. Elle tomba sans mouvement au milieu
des coursiers qui arrivaient au galop de toutes
parts et la piétinèrent. Mais le ciel ne permit pas qu'elle en ressentît aucun mal.

Encouragée par cette première grâce,

Ursula se traîna comme elle put près du cercueil où sa compagne la laissa.

La pauvre malade prit la main compatissante de Pascal, cette main qui avait essuyé tant de larmes, soulagé tant d'infortunes, et la baisa. Voyant aussi la sueur qui découlait de son front, elle en oignit sa chair infirme et se sentit soulagée. Ce n'était pas assez, la jeune fille voulait obtenir de Pascal une complète guérison. Elle continua fervente sa prière et ses onctions. Le saint qu'elle aime, qu'elle supplie, intercède pour Ursula, elle se sent exaucée... elle va marcher... elle marche... elle gravit les degrés du maître-autel pour rejoindre sa charitable conductrice qui, après avoir communié, s'était agenouillée en prière.

« Madame ma voisine, lui dit Ursula d'une voix claire et forte, levez les yeux, et voyez ce que Dieu a fait en moi par la vertu de son serviteur. »

Le son de cette voix, trouble profondé-

ment la bonne dame. Elle regarde. Que
voit-elle ? Ursula est devant elle, robuste,
bien portante, elle l'entend prier à haute
voix et remercier Fr. Pascal. Combien elle
se trouve payée de sa complaisance ! et avec
quelle joie elle unit ses actions de grâces à
celles de l'heureuse miraculée !

La prodigieuse guérison de la jeune fille
avait redoublé l'enthousiasme de la foule.
Tout le jour on vint à elle, lui parler, entendre de sa bouche que Pascal avait guérie
le récit du miracle (1).

Le village de Castellone della Plana, ne
fut pas seul favorisé. Les citoyens de Villareale qui avaient tant reçu de Pascal, ne
quittaient presque plus sa bienheureuse dépouille, et s'adressaient à lui avec une enfan-
tine confiance.

Une femme de ce pays, nommée Catherine

---

(1) P. Christophe d'Arta, liv. II, chap. iii. —
Chroniques de saint François, chap. xlvi.

Escoin, avait huit ou dix jours avant, reçu la visite de Fr. Pascal. Il l'avait trouvée triste et découragée, parce que la consomption qui la minait ne lui laissait plus de force. Le saint l'avait consolée, soutenue et d'un visage allègre lui avait dit :

« Ma sœur, vous guérirez de ce mal et vous jouirez de la santé. »

Ayant appris la mort de son bon visiteur, Catherine vint à l'église du couvent et s'approchant du corps de Pascal, elle lui rappela sa promesse :

« Ne m'avez-vous pas dit, mon Frère, que je retrouverais la santé ? Or vous voilà près de Dieu, songez à accomplir votre prophétie, ayez pitié de votre dévote. »

La simplicité de cette brave femme toucha le ciel. Sa foi et la promesse de Pascal ne furent pas en défaut. Le soir même, elle retourna chez elle guérie et en pleine santé (1).

(1) P. Christophe d'Arta, liv. II, chap. iv.

Le soir venu, les Religieux fermèrent de
nouveau les portes de l'église et veillèrent près
du corps. Les pieux visiteurs s'éloignèrent à
regret, mais beaucoup emportèrent comme
un trésor des linges imbibés de la précieuse
sueur qui couvrait la sainte dépouille.

Une femme de Castellone della Plana,
avait été une des premières à quitter l'en-
ceinte. Elle se hâtait de retourner à son
village, où elle était attendue impatiem-
ment. Sa voisine, Isabella Salto, l'avait priée
de lui rapporter un linge imprégné de la
sainte sueur, afin que son attouchement
guérît son mari, Barnabé Bartolo, qui était
à la dernière extrémité et absolument condamné. Aussi la charitable messagère préci-
pitait sa course, demandant à saint Pascal
d'arriver à temps.

Enfin voici les premières lumières de Castellone della Planā, voici l'habitation du
malade. Elle arrive. La pauvre Isabelle l'attendait depuis longtemps sur le pas de sa

porte, suivant d'un œil anxieux les progrès du mal sur le front livide de son époux, et scrutant la route déserte où n'apparaissait pas la voisine tant désirée. Elle vient enfin, mais cette cruelle attente a brisé les forces d'Isabelle : elle succombe.

L'envoyée de saint Pascal comprend heureusement le désir de la jeune femme, elle entre, applique sur la tête déjà pâlie du moribond le linge précieux. A ce contact, Barnabé ouvre les yeux, il cherche à parler et fait comprendre que sa gorge est resserrée, qu'il étouffe. Sa femme l'a entendu, ses forces reviennent, elle s'élance et applique la sainte relique sur le cou de son mari. Merveille et joie pour tous ! Le mourant est guéri, tout danger disparaît. La pauvre femme et sa voisine, tombant à genoux, joignent leurs actions de grâces à celles de l'heureux malade (1).

(1) *Chroniques de saint François*, chap. LI. — P. CHRISTOPHE D'ARTA, liv. II, chap. III.

Tant de prodiges excitaient la foi des populations. En ouvrant l'église de nouveau le lendemain matin, les Frères livrèrent passage à une foule non moins nombreuse que les premiers jours. Bien qu'ils fussent trois cents au couvent de Villareale, les Religieux ne pouvaient suffire à satisfaire le pieux empressement de la multitude, ni à régler la dévotion parfois indiscrète des fidèles. Il fallait faire place aux nouveaux venus, laisser approcher les malades qui venaient, plus nombreux encore, en ce troisième jour.

Parmi ces pauvres êtres disgraciés et affligés, on remarquait Catherine Sala, du pays d'Almazora. Cinq ou six mois auparavant, elle avait fait une chute grave et s'était rompu la partie inférieure de la colonne vertébrale. Un tel accident lui causa d'atroces douleurs, qu'aucun remède ne put calmer. Elle en était réduite à se traîner lamentablement sur le sol ne pouvant pas faire un pas.

Ayant appris les merveilleuses guérisons

Lors que quittant vôtre repas, vous enleviez les morts,
pour les cacher en vôtre maison et les enterrer la nuit,
j'ay offert vôtre prière au Seigneur.
(L'ange Raphaël à Tobie. Tobie 12, 12.)

qu'opérait le bienheureux Pascal au couvent
de Notre-Dame du Rosaire, elle dit à sa
parente :

« Vous voyez dans quelle affliction est
ma vie depuis cinq ou six mois. Je suis
pour vous une charge pesante et je ne puis
moi-même me supporter. Conduisez-moi
auprès du corps de ce saint Frère. Il aura
pitié de moi. »

La famille compatissante ne voulut pas
refuser à cette infortunée la grâce qu'elle sol-
licitait. On prend un cheval, on place sur
son dos deux grands sacs de paille et, tant
bien que mal, on installe Catherine entre ces
deux coussins rustiques. Le voyage se fit
péniblement, mais la foi et l'espoir donnaient
courage à la malheureuse femme. Se traînant
sur deux petites béquilles, elle arriva jusqu'au cercueil du bienheureux. Elle prit sa
main, la baisa, et aussitôt elle ressentit tant
de consolation, de soulagement spirituel
et corporel que les instances des siens et

24

celles des Frères furent inutiles pour l'arracher de la sainte dépouille. Force lui fut pourtant d'obéir (1).

Les Religieux n'osaient en présence d'une foule si considérable procéder à l'ensevelissement de leur bienheureux Frère. On était au troisième jour, et ils se demandaient jusqu'à quels pieux excès ne se porterait pas la dévote multitude. Déjà plusieurs pèlerins avaient dérobé une partie de la bure du saint, d'autres, malgré la surveillance des Religieux, avaient pénétré dans l'intérieur du couvent jusqu'à sa cellule, ils avaient brisé, emporté quelques morceaux de la planche qui lui servait de lit, de sa porte et de sa fenêtre.

Qu'allait-il arriver lorsque le peuple se verrait enlever son trésor ? n'y aurait-il pas à craindre des faits regrettables ?

(1) P. Christophe d'Arta, liv. II, chap. IV. — Chroniques de saint François, chap. L.

Le Gardien, voyant les innombrables difficultés, eut recours à l'autorité séculière, qui se hâta de lui venir en aide.

Le capitaine de la ville déclara que, pour laisser aux Religieux quelques heures de repos, on allait fermer momentanément les portes de l'église. Il fit exécuter séance tenante ces ordres, et Catherine consolée, mais non guérie, fut obligée de s'éloigner avec les autres.

Aussitôt que l'église fut fermée les Religieux, sûrs de leur tranquillité, se hâtèrent de procéder à l'inhumation. Chacun dit un dernier adieu à celui dont ils ne verraient plus la face souriante et rayonnante de paix.

Avec respect ils le déposèrent dans un cercueil de bois et le couvrirent d'une quantité de chaux vive, afin que les chairs fussent plus vite consumées (1).

(1) *Auréole Séraphique.* — *Chroniques de saint François*, chap. LIII.

Une place avait été préparée dans le mur de l'église. Ne voulant pas prévenir le jugement de la sainte Église, les Religieux ne déposèrent point dans l'autel celui que Dieu lui-même manifestait comme un saint. Mais les pieux souvenirs de la dévotion de Pascal envers sa divine Mère leur firent adopter l'idée de l'inhumer au-dessous d'une image de l'Immaculée Conception que Pascal aimait à prier (1).

La Reine des anges avait toujours protégé son fils bien-aimé, elle voulut être la gardienne de son tombeau. Pascal, humblement étendu à ses pieds, semblait dire à tous ceux qui venaient lui demander vie et santé : « Recourez à Marie. »

Les Frères Mineurs, malgré leurs regrets, durent accomplir rapidement l'ensevelissement et fermer promptement le sépulcre,

(1) P. Christophe d'Arta, liv. II, chap. v. — *Chroniques de saint François*, chap. l.

car au dehors la foule réclamait l'ouverture des portes.

Toutes choses étant en ordre, le capitaine de la ville fit ouvrir l'église. Le peuple se précipita comme un torrent. Quand il ne vit plus le corps du bienheureux, frustré dans son attente, il éclata en regrets amers et indignés. Il semblait qu'on lui eût dérobé un bien propre, et la présence de la justice ne fut pas inutile pour maintenir l'ordre.

Le saint apôtre de la paix ne permit pas que l'irritation se propageât dans le cœur de ses fidèles. Il était caché aux regards, il est vrai, mais sa puissance d'intercession près de DIEU n'était pas amoindrie.

La plus attristée de tous était la pauvre Catherine Sala qui espérait si fermement obtenir de Pascal sa complète guérison. Quel désespoir ! Elle est sortie comme les autres, et maintenant le saint Frère n'est plus là pour écouter ses plaintes, compatir à sa misère. Devra-t-elle remporter à Almazora le fardeau de son affliction ?

Non, Catherine est la première à comprendre que Pascal est toujours aussi disposé à exaucer ceux qui l'implorent. Prosternée devant le sépulcre et l'image de la très sainte Vierge, elle réitère pendant une heure ses supplications désolées. Son espérance ne se lasse pas, et chacun admire la ferveur de sa prière. Elle avait cru, elle est sauvée.

Tout à coup, l'infirme se redresse, libre de toute entrave, de toute douleur, elle marche ferme et droite devant la multitude étonnée (1).

Ce fut un grand cri. Le saint n'abandonnait pas son peuple ! Et l'affluence se fit de nouveau autour du sépulcre, demandant et obtenant les mêmes faveurs miraculeuses.

(1) P. Christophe d'Arta, liv. II, chap. vi. — *Chroniques de saint François,* chap. L.

La foule grandissait toujours. Dans toute l'Espagne le mouvement se propagea ; on accourait du fond des vallées les plus éloignées pour avoir le privilège de baiser la pierre qui recouvrait le corps de Pascal.

A mesure que l'empressement augmentait les faveurs devenaient plus nombreuses.

Dieu semblait avoir hâte de témoigner de son amour pour Pascal et de la puissance du saint dans l'éternité.

Atous ces affligés, ces infirmes, ces malades, le Jésus de l'Évangile disait encore par des miracles :

« Amis de Pascal, soyez guéris, allez en paix, votre foi vous a sauvés. »

SAINT PASCAL

Cet élu du Seigneur, berger dans son enfance,
Cherchait les lieux déserts où l'âme, loin des bruits,
Évite les dangers, garde son innocence,
Cultive la ferveur, en recueille les fruits.
Il s'en allait, chantant la divine Bergère,
Et renvoyait son nom à l'écho solitaire,
Ou, de ses compagnons se faisant missionnaire,
Par ses doux entretiens il charmait leurs esprits.

Encore quelques jours, cette vie angélique
Qui fleurit sous le ciel comme un lys aux déserts
Viendra s'épanouir dans l'Ordre Séraphique,
Et de son doux parfum embaumer l'univers.
Son nom sera chanté du couchant à l'aurore ;
Ses bienfaits seront dits par tout cœur qui l'implore ;
Des prodiges nombreux le révèlent encore ;
On fera son histoire dans la prose et les vers.

On dira sa tendresse envers l'Eucharistie,
Les larmes de bonheur de cet ange mortel,
Ses désirs véhéments après le Pain de vie,
Ses transports en goûtant cet aliment du ciel.

Mort, de cette ferveur quel ravissant spectacle !
On le vit exposé devant le Tabernacle,
Ouvrir deux fois les yeux par un double miracle,
Pour adorer l'Hostie élevée sur l'autel.

On redira toujours sa grande obéissance,
Qui lui fit traverser, calme et le cœur joyeux,
Malgré tant de périls, le beau pays de France
Qu'infestaient en ce temps les ennemis de Dieu.
S'il ne recueille pas la palme du martyre
Sous les coups qu'il reçoit, il a ce qu'il désire,
Il donne ses sueurs, ses larmes. Son sourire
Dit bien assez qu'il est au comble de son vœu.

Sans cesse, on chantera l'amour que sa grande âme
Eut pour la pauvreté, l'épouse de Jésus ;
Comme François d'Assise, il la nomma sa dame :
Il en fit l'ornement de toutes ses vertus.
La terre fut pour lui comme un lieu de passage :
Le couvent lui servit de tente de voyage,
Et dégagé de tout, dans son pèlerinage,
Il poursuivait sa route au pays des élus.

On se redit, on peut constater le miracle
Que le saint renouvelle au fond de son tombeau,
Il est là consulté comme un vivant oracle,
A chaque événement qui va surgir nouveau.
S'il est triste, il l'annonce à grands coups de tonnerre,
S'il est joyeux, les coups sont légers au contraire ;
On dirait une harpe où la brise légère
Essaie, en l'effleurant, un son toujours plus beau.

On ne cessera pas d'admirer l'innocence
Que sans tache il garda jusqu'au dernier soupir,
Et les austérités de cette pénitence
Dans laquelle ce lys ne cessa de fleurir.
Ces cinquante-deux ans d'une vie angélique,
Dont vingt-huit écoulés dans l'Ordre Séraphique,
Renferment des secrets que notre humble cantique
Doit taire, et que Dieu seul pourrait nous découvrir.

P. Jean de Sainte-Eulalie, F. M.

NOTA

Le *Congrès Eucharistique de Bruxelles* nous a fait hâter cette première édition. Nous tenions à donner en langue française une vie du nouveau Patron des associations eucharistiques, si peu connu jusqu'ici dans nos contrées.

Une seconde édition plus complète, contenant une partie des œuvres du saint, ne tardera pas à paraître.

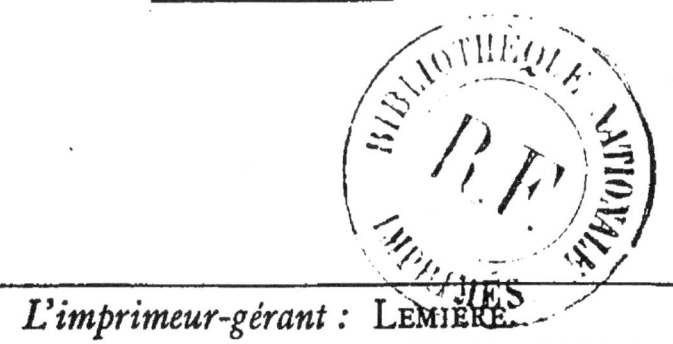

L'*imprimeur-gérant :* LEMIÈRE.

Vanves. Imp. Francis. Miss., route de Clamart, 16.

TABLE

www.ingramcontent.com/pod-product-compliance
Lightning Source LLC
Chambersburg PA
CBHW050315030726
47505CB00003B/717